お飾り王妃になったので、こっそり働きに出ることにしました

～旦那（うさぎ）がいるのに、婚約破棄されました!?～

富樫聖夜

イラスト／まち

Contents

人物紹介
Character
ロイスリーネ
ロウワンから嫁いできた『お飾り王妃』。昼は『緑葉亭』の看板娘リーネとして働いている。
うーちゃん
ロイスリーネが可愛がっているうさぎ。実はジークハルトの呪いをうけた姿。
ジークハルト
ルベイラ国王。表情筋が死んでいるのと、呪いのせいでロイスリーネと夫婦仲を深められずもやもや。

ロイスリーネの侍女。ロウワン時代からの強い味方。

ジークハルトの従者。ジークハルトの身代わりもこなす。

ルベイラ国魔法使いの長。魔道具オタク。

ターレス国第三王子&フォーリック男爵家の令嬢。

ルベイラ軍第八部隊に所属する軍人。その正体は、魔法で姿を変えたジークハルトその人。

ジークハルトの幼馴染みで宰相。

『緑葉亭』の女将。実はジークハルト直属の特殊部隊隊長。

タリス公爵令嬢。ロイスリーネにいたく興味津々。

プロローグ　お飾り王妃、婚約破棄される

大国ルベイラの王宮では、友好国であるタ―レスからの親善使節団が今まさに国王夫妻と謁見している最中であった。

王宮内にある謁見の間は目を見張るほど豪華で、この国がどれほど裕福で力があるかを示している。白壁に施された美しい模様を描く金の装飾が、窓から入る光を受けてキラキラと輝き、明るく室内を照らしていた。

部屋の奥ではルベイラの若き国王夫妻が、台座に据えられた玉座から親善使節団を見下ろしている。

ルベイラ国王ジークハルトは銀髪に青灰色の目を持つ端正な顔だちの青年だった。ただし、その顔に一切の笑みはなく、ただ淡々とした表情だけが浮かんでいる。不機嫌なのか、それとも機嫌がいいのか、彼の表情から窺い知ることはできない。

一方、国王の隣にいる王妃は、容姿からして彼とは正反対だった。艶やかな波打つ黒髪に緑色の瞳、美人というより可愛らしい顔だちをしている。何よりも違うのはその表情だ。

王妃はおっとりとした笑みを浮かべて親善使節団を見つめている。

異なる反応を示す国王夫妻に、親善使節団にいる一部の者は戸惑いを隠せなかったが、二人を囲むように立ち並んでいる護衛の兵士や重臣たちは慣れたもので平然としていた。

「遠いところをよく参られた。我々は友好国ターレスからの使者であるあなた方を歓迎しよう」

ルベイラ国王ジークハルトが威厳のある声で言った。親善使節団の代表である男性が一歩前に出て深く頭を下げる。それに倣うように彼の後ろにいた者たちが次々と頭を下げていく。

ところが、二人ほど、まったく頭を下げない者がいた。それに気づかないまま代表は挨拶の言葉を口にする。

「国王陛下、ならびに王妃陛下。我々を快く迎えていただき、まことにありがとうございます。こちらは我がターレスの国王陛下より託された親書でございます」

代表がうやうやしく封蝋を施した封書を差し出した時だった。頭を下げなかった二人が代表を押しのけるように前に出てきた。

……それはあまりにちぐはぐな、この場にそぐわない二人組だった。まだ十代の若い男女で、男の方は使者にしてはやたらと華美な礼服を身にまとっている。一方、女の方はひざ下丈の平民の装いのようなワンピースを身に着けていた。

重ねて言うが、ここはルベイラの王宮の謁見の間だ。外国の賓客や国にとって重要な人物を迎えるための場所で、迎える方も迎えられる方も当然ながら格式が求められる。男性は最低限でも簡略化された礼服が必要だし、女性はドレスを——それもくるぶしまで丈のあるものを身に着けてくるのが当たり前の場所だ。

ひざ下だけとはいえ、決して素足をむき出しにしたワンピースを着てきていいところではない。

ルベイラの重臣たちは顔をしかめ、突然理解不能な行動に出た男女二人組に胡乱な目を向けた。

親善使節団の代表は、周りのざわめきでようやく二人に気づいたらしい。振り返ってぎょっと目を剝いた。

「一体、何を……。お待ちください！　このような場で騒動を起こしてはなりません！」

だが二人は代表の制止を無視し、彼を押しのけるように前に出る。護衛の兵は何かあれば国王夫妻を守るために油断なく腰の剣に手をかけた。

不審の視線が注がれる中、男はビシッという効果音がしそうなほどの勢いで、謁見の間にいるとある女性に指をさして声を張り上げた。

「ロイスリーネ・エラ・ロウワン！　貴様は取り巻きたちに命じて学園でここにいるララに嫌がらせを繰り返したあげく、階段から突き落として怪我までさせた！　そのような愚かな行いをする者はこのターレス国第三王子セイランの婚約者として相応しくない！　婚約を破棄させてもらう！　そして僕の新しい婚約者としてここにいるフォーリック男爵家令嬢のララを迎える！」

　男は指さした先にいる女性をドヤ顔で見上げた。すると今度は横にいた女が男に寄り添いながら口を開く。

「ロイスリーネ様。私、とっても怖い思いをしたんですよ？　廊下を歩けば足を引っかけられたり、ノートや教科書をボロボロにされたり、パーティーでワインを引っかけられたりもしました。どれもこれもみんなあなたが命令してやらせたことですよね？　でも私はロイスリーネ様を恨んではおりません。謝ってくれれば許してあげます」

「おお、ララ。君はなんて慈悲深いんだ……！　それに比べてロイスリーネ、貴様ときたら心優しいララを傷つけてばかり。この報いは絶対に受けさせるからな！」

　謁見の間はシーンと静まり返っている。あまりに非常識な態度にあっけに取られた者もいれば、呆れたように二人を眺めている者もいた。怒りに満ちた視線を注ぐ者もいる。

　一方、恐怖に青ざめ、震えている者たちがいた。それはターレス国の親善使節団の面々だ。代表など、青ざめるどころか血の気を失い顔を真っ白にさせている。

　……それもそうだろう。二人組が糾弾しているのは玉座にいるルベイラ国の王妃、ロイスリーネその人なのだから――。

——はぁ、なんという茶番かしら。

当のロイスリーネは得意のよそいきの笑顔を保ちながら、内心では呆れ果てていた。

——まさか謁見の場で、相手国の王妃にケンカを売るなんて思いもよらなかったわ。バカなの？　ああ、そうよね、バカじゃなければこんなことできないわよね！

ロイスリーネが大人しそうな外見とは裏腹に辛辣なことを考えていると、隣でボソッと呟く声が聞こえた。

「事故に見せかければ対外的な言い訳は立つな。……よし、殺るか」

物騒なことを言ったのは国王のジークハルトだ。彼は無表情で例の二人組を見下ろしているが、それは外見上だけのことで、玉座ではめったに動かすことのない表情の下で冷たい怒りを発しているのがロイスリーネには分かる。

ジークハルトの右横に立っている宰相のカーティスも、彼の呟きを耳にしたのか、ほんのり前かがみになって囁いた。

「陛下。お気持ちは分かりますが、堪えてください。外交問題になると面倒です。抹殺するならせめて国外に出してからにしてください」

カーティスも思うところがあるのか、柔和な表情を浮かべながらこれまた物騒な発言

をする。ジークハルトは二人組を見据えながら青灰色の目をスッと細めた。

「いや、これほど無礼なことを王妃にしているんだ。この場で首をはねても文句はないだろう」

「おい、さっきから黙っていないで、なんとか言ったらどうだ！」

まさか自分の生殺について検討されているとは夢にも思っていないらしい男——トーレス国の第三王子はロイスリーネを指したまま叫んだ。親善使節団の代表が慌てて第三王子を制する。

「おやめください、殿下！　このような場で——」

「お前は黙っていろ、トレイス！」

「そうですよ、トレイスさん。私たちは何も間違っていないです！」

彼らのやり取りに、ジークハルトのまとう冷気が濃くなった。

ロイスリーネはやれやれとため息をついた。

——謁見の間が血に染まる前になんとか収拾つけないといけないわね。親善使節団の代表……ええと、トレイス侯爵だったかしら。お気の毒に。今にも倒れそうだもの。

二人を必死に諌めている中年の男性に同情めいた視線をちらりと送ると、ロイスリーネは手にしている扇をゆっくりと開いて口元を覆った。

今から発言するという無言の合図に気づいたのか、三人はぴたりと口を噤む。ロイスリーネはそんな彼らを順に見つめてから、唇を開いた。

「何か勘違いをなさっているようですね。婚約破棄もなにも、私はすでにジークハルト陛下と婚姻関係を結んでおります。それに――」

大きい声ではないが、彼女の声は謁見の間にいる者の耳にはっきりと聞こえた。

「そもそも、私はタ―レスの王子と婚約したことは一度もありません。ゆえにその女性を苛める理由もありません。どなたかと間違っておられるのでは？　私が過去に婚約したことがあるのはここにいらっしゃるジークハルト陛下のみです」

これ以上ないほど明白な答えだった。

だが、問題の人物たちは予想の斜め上をいく回答をくれる。

「嘘をつくな！　僕は信じないぞ！」

「そうです。ごまかさないでください！　自分のおかした罪を認めて謝罪してください」

――あ、これはだめだわ。話が通じない。

ロイスリーネと同じことを思ったのか、カーティスが護衛の兵に目線で合図を送る。心得たように頷いた兵たちは二人の元へ行き、強引に彼らの身柄を拘束した。

「ちょ、ちょっとなんなのよ、あんたたち！」

「やめろ！　僕を誰だと思っているんだ！　タ―レス国の第三王子だぞ！　こんなことをしていいと思っているのか！」

二人は抗議したが、もちろん命令を受けた兵たちは無視して二人を謁見の間から引きずり出していく。

やがて二人の姿が扉の向こうに消え、耳障りな怒鳴り声が聞こえなくなると当時に、親善使節団の代表者以下全員がその場で跪き、頭を絨毯にこすりつけた。

要するに土下座だ。

「も、申し訳ありませんでした！」

「どうか、どうかお許しください！」

悲痛な態度で口々に謝罪する親善使節団をなんとも言えない気持ちで見下ろしながら、ロイスリーネはものすごく面倒なことになったと、扇の内側で深いため息をついたのだった。

第一章 お飾り王妃とターレス国の第三王子

「ははは、そりゃ、気の毒だったね！」

謁見の間で起きた事件を聞いた『緑葉亭』の女将リグイラが口を大きく開けて笑う。

「もう、笑いごとじゃないですよ、リグイラさん。大変だったんですから！」

ロイスリーネは頬を膨らませた。だが本気で怒っているわけではない。

「悪い悪い。あんたにとってはとんだ災難だものね、リーネ」

二人がいるのは王都の歓楽街から少し外れた場所にある食堂『緑葉亭』だ。ちょっとおっかない女将がいるが、安くて美味しいと評判の上、昼ともなれば看板娘のリーネが笑顔で接客してくれるとあってひっきりなしに人がやってくる。

今日もまた戦争のようだった昼の忙しい時間帯が終わり、休憩中の看板を出して休んでいるところだった。

実はロイスリーネは『緑葉亭』で給仕係のリーネとして働いている。公務がない時の昼限定の仕事だが、お飾り王妃なので暇な時間が多く、なんだかんだ言いながら週に四日は給仕として店に立っている。

王妃がなぜ下町の食堂でウェイトレスなどしているのか。色々理由があるものの、最初の動機を挙げるとすれば、「暇だったから」の一言に尽きる。

ほんの数ヶ月前までロイスリーネは、身の安全を守るためと称して半ば離宮に軟禁されていたのだ。実際、本当に命を狙われていたのだが、そんなこととは露知らず、すっかり暇を持て余していたロイスリーネは、ある日寝室に隠し扉を見つけ、それが秘密の通路に繋がっていることを発見してしまった。

秘密の通路は王宮のみならず、王都の東側にある民家にも繋がっていることを突き止めたロイスリーネは、それ以来お忍び気分で変装して王都の散策を楽しんでいたのだ。

そんなある日、誰かに後をつけられているような気がしたロイスリーネは、偶然見かけた『緑葉亭』に逃げ込んで助けを求めた。それが縁で、忙しい昼食の時間帯だけウェイトレスとして『緑葉亭』で働くことになったのだ。

だが、気さくで働き者の「リーネ」が王妃ロイスリーネの変装した姿だということに気づく者はいない。

――髪をおさげにして眼鏡をかけているだけなのにね。

もっとも、いつも上品な笑みを浮かべて大人しく国王の横に立っている王妃と、明るく元気で常連客の冗談に口を開けて笑うリーネが結びつかないのも無理はない。

そもそも、ロイスリーネをよく知っている者が少ないのだ。顔を合わせる相手と言えば、国王の側近と、重臣たちと、ごく限られた使用人くらいである。王宮に勤めている者たちが公務の少ないロイスリーネを知る機会はほとんどない。

その数少ない公務も国王の隣に立って微笑を浮かべているだけのものだ。お飾り王妃、名目上の妻と、陰で呼ばれてしまうのも無理からぬこと。

――まぁね。未だに陛下が毎晩恋人の元へ通って王妃と閨を共にしていないと思われているのだから、そんなふうに言われるのも無理はないのだけれど……。

ジークハルトには結婚前から「ミレイ」という平民の恋人がいて、王宮内にある離宮の一つに囲っているという話は、王宮に勤めている者たちの間では有名だ。

恋人の存在を知った時はさすがのロイスリーネも複雑な気持ちだったが、今は真実を知っている。本当はミレイという女性などどこにも存在していないのだ。

実は、ジークハルトはとある呪いを受けている。……いや、正確に言えば呪われているのはルベイラの土地とそこに住む人間なのだが、代々の国王は国民を守るために呪いをその身にまとめて受けているらしい。それこそ千年以上も昔から。

呪いについての詳細はロイスリーネも知らないのだが、ルベイラ国を作った初代国王から脈々と受け継がれる特殊な体質が呪いを軽減させるらしい。ただ、軽減させるだけで完全に防ぎきれるわけではなく、呪いの力が強くなる夜になると、ジークハルトはまったく動けない状態になってしまうという。

その事実を隠すため、ジークハルトと側近は「ミレイ」という架空の恋人を作り、彼女の元へ通うという名目で夜に国王が姿を現わさなくても不審に思われないような状況を作ったのだ。

ただ、残念ながら結婚した今でも呪われている状況は変わっていないので、いつまで経ってもロイスリーネとジークハルトは白い結婚のままだ。つまり「お飾り王妃」というのもあながち間違いではない。

——まぁ、ある意味気楽だから「お飾り王妃」のままでもいいんだけれど、やっぱり今のままというのもよくないでしょうね。

ほんの一ヶ月前まではよそよそしい仮面夫婦だったジークハルトとロイスリーネだが、ロイスリーネが命を狙われたり誘拐されたことがきっかけで、少しずつ歩み寄れるようになった。離宮からジークハルトの住む本宮に戻り、二人で出席する公務を少しずつ増やして、ロイスリーネの王妃としての地盤を固めていこうとしていた矢先のことだ。

先程の謁見の間での茶番劇を思い出し、ロイスリーネは深いため息をついた。

「本当、災難そのものですよ。まさかあそこまで頭が悪いことを言い出すとは思わなくて。今まで会ったことのある王族は普通だったのに……」

小国とはいえロイスリーネの祖国ロウワンは、魔法使いや神から授かった祝福持ちの

「聖女」と「魔女」を多く輩出することで有名な国だ。外国から王族が来訪することも珍しくなく、ロイスリーネも第二王女として接待する機会も多かった。

「少し横柄な王族もいたし、わがままな方もいたわ。でも、あそこまで礼儀を知らない王族はいなかったのに……」

「そりゃ、アホを派遣して自国の恥を晒すわけにはいかないから、まともな王族をよこしているだけさ。ターレスの第三王子だって、今回の訪問理由がなけりゃ、きっと国から出ることなんてなかっただろうに」

リグイラがもっともなことを言った時だった。厨房から料理人のキーツが白衣を着たまま出てきてリグイラに告げた。

「部隊長。ゲールたちからターレスに到着したと連絡が入った」

キーツはリグイラの夫で、『緑葉亭』では調理を担当している。ずっと厨房に籠りきりでめったに表に出てこず、普段は裏方に徹しているのだが……本当の仕事の時は率先して戦いの先頭に立つ、リグイラ曰く「特攻役」なのだそうだ。

「問題なく入り込めたようだね。さて、あっちで何が出てくるやら」

にやりとリグイラが笑う。

少々口が悪いが情に厚く、面倒見のよい女将のリグイラ。おっとりした性格の料理人キーツ。外見も性格も正反対の夫婦が営む『緑葉亭』は、どこにでもあるなんの変哲もない食堂――だが、それは表向きの姿だった。

実は彼らはルベイラ軍情報部に所属する第八部隊の部隊長と副隊長という肩書を持っている。

情報部の第八部隊の主な仕事は王都内での情報収集ということになっているが、軍の上層部でも彼らがどういう仕事をしていて、どういう人物が所属しているのか、そして誰の指揮命令で動いているのかということをほとんど把握していない。

知っている者はほんの一握りの人間だけ。――実は彼らが『影』と呼ばれる決して表に出ることはない、国王ジークハルト直属の特殊部隊であることを。彼らは国王の命により、情報収集から間諜、護衛、そして時には暗殺までありとあらゆることを行う。

リグイラとキーツだけではない。この店の常連客の何人かも、彼らの部隊に所属する構成員なのだ。

――本当、そのことを聞かされた時はびっくりだったわ。今だに夢でも見たんじゃないかと思う時があるもの。この目でリグイラさんたちが戦うところを見ていても、ね。『緑葉亭』での彼らの姿とあまりに違っていたので、ロイスリーネが自分の目を信じられなくなったのも無理はないだろう。

もっとも、残念ながらそれは夢ではなく、現実に起きたことだった。

――つまり私は、安全な場所で守られながら、働いている気になっていたってことなのよね。だって、リグイラさんたちはお忍び気分で王都を散策する私を陰で護衛するように陛下から命令されていたんだもの。

全部ジークハルトのお膳立て（ぜんだて）だったのかと思うと少し複雑な気持ちになりはしたが、今ではロイスリーネも彼に感謝している。リグイラたちと知り合えたし、『緑葉亭』で働くのはとても楽しいからだ。

けれど、ようやく落ち着いた日々が過ごせると思った矢先にこの騒動（そうどう）だ。

──あーあ、もう、本当に、面倒なことになったものだわ。

降って湧（わ）いた災難に、ロイスリーネは頭を抱（かか）えるしかなかった。

忙しい昼の時間帯が終わり、休憩中の看板を下ろした店内には、リグイラやキーツのみならず、よく見知った常連客たちの姿もあった。だが、彼らは客としているのではなく、国王の『影』の仕事の打ち合わせで集まっている。

仕事とはもちろん、ターレス国の第三王子の件だ。

ロイスリーネは普段は昼の時間帯が終われば王宮に戻るのだが、リグイラとジークハルトに請（こ）われて今日は特別に滞在時間を延（の）ばしている。昨日の謁見の場でのことをみんなに報告するためだった。

「キーツ。ひとまずゲールたちにはあっちの仲間と合流して第三王子の周辺を徹底的（てっていてき）に洗うように言ってくれ」

ロイスリーネの向かいに座っている常連客の一人で、軍服姿のカインが指示を出す。

店にいる常連客の中に、いつも賑やかなゲールとマイクの姿はない。彼らはタ－レスに潜入するために三日ほど前から王都を出ていた。

「分かった」

頷くとキーツはゲールたちと連絡を取るため、再び厨房に戻っていく。

リグイラはカインに尋ねた。

「調査はゲールたちにまかせれば大丈夫だろう。けれどカイン、問題の第三王子たちはどうするんだい？」

とたんにカインは思いっきり顔をしかめた。

「どうするも何も、親善使節団の一員として受け入れるしかないだろう。本当は即刻ルベイラから叩き出したいんだが、そういうわけにもいかないからな」

カインは忌々しそうに吐き捨てる。その顔を見れば彼がたいそう不機嫌なのは明らかだった。

――たぶん、謁見の間でも心の中ではこういう表情をしていたんでしょうね。

カインもまた第八部隊の一員だ。黒髪に水色の目をした青年で、皆が私服を着ている中、いつも一人だけ軍の制服を身に着けている。

カインは軍の駐屯所にある第八部隊の部署に唯一顔を出す人物として、主に他部署への連絡や報告を行う仕事をしているらしい。第八部隊の中では一番若くて「カイン坊や」と呼ばれることもある。

……だがその正体は、国王ジークハルトその人だ。

魔法で髪と瞳の色を変え、カイン・リューベックとして活動している。表向きは国王という立場では見られない王都の実情を知るためという理由のようだが、本当はジークハルトが、彼本来の素顔に戻れる場所が必要だったからだ。

宰相のカーティス・アルローネによれば、先王の急死により、十六歳という若さで強国の国王の座についたジークハルトは、臣下や諸外国から舐められないようにするため、感情を表に出すことを己に禁じたのだという。

彼の持つ冷たい美貌の効果もあって、無表情でいれば相手に威圧感を与えることができるからだ。そのおかげで若造と侮られなくなった。

『最初は玉座にいる時や、臣下に会うときだけだったのですが、気負うあまりそのうち私や乳兄弟エイベルの前でも感情を見せなくなってしまったんですよ。とても真面目な方ですから』

少し寂しげに微笑みながらカーティスは言った。

『笑い方も忘れてしまったようで、痛々しくて見ていられませんでした。だから陛下がご自身に戻れる時間が必要だと思い、リグイラたちの協力を得てカインという人物を作り上げたのです』

その甲斐あって、少しずつジークハルトはカインとしてなら感情を表に出せるようになった。けれど、それはあくまでカインの時だけ。ジークハルトの時は笑いたくても、表情がこわばったように動かせないのだという。

よく見れば、顔だちはまったく同じなのに、ロイスリーネがカインとジークハルトを同一人物だと見抜けなかった理由がそれだ。

――だって、カインさんは笑ったり怒ったり心配したりと、とても表情豊かな人で。一方、陛下は無表情がデフォルトでにこりともしない人だったんだもの。あまりの違いに同じ人だなんて気づくわけがないじゃない！　声も似ているけど、口調が違うし！

だから気づかなかったのも無理はないのだ、と自分に言い訳をする。

常連客の中でもカインは、ロイスリーネが『緑葉亭』に勤め始めた当初から特別親しくしていて、好意を抱いていたために、彼がジークハルトだと知った時は騙されたと怒りを覚えたものだ。

けれどカインになっていた理由が、自分が「リーネ」になってウェイトレスをしている理由と似ていると知ってしまったら、許すしかなかった。ロイスリーネもまた、素の自分に戻れる場所として『緑葉亭』を必要としていたからだ。

ロイスリーネが『緑葉亭』で働くことをジークハルトが容認しているのも、きっと同じ理由だろう。

カインの正体を知ってしまった後、しばらくロイスリーネは彼に対してどういう態度を取ればいいのか悩んだりもしたのだが、結局は以前と同じように接している。今さら態度を変えるのもおかしいし、何より今まで通り「カイン」として接してほしいとジークハルト本人に望まれているような気がしたからだ。そしてそれは、きっと間違っていない。

「ねぇ、カインさん。カインさんは予想していました？　謁見の場で第三王子がああいう態度に出ることを」

尋ねるとカインは首を横に振った。

「まさか。もう少し常識があると思っていたからな。何か言い出すならば、晩餐の場だと思っていた」

「そうですよね。私もそう思っていたんですが、私たちが考えていた以上に状況が悪いみたいですね」

謁見の場でああいう騒動を起こさなければ、昨日の夜には国王夫婦が私的に第三王子セイランと親善使節団の代表であるトレイス侯爵を晩餐に招く予定だった。

ところが、謁見の場でさっそくやらかしたため、ジークハルトはロイスリーネとセイランが顔を合わせる予定をすべてキャンセルしてしまったのだ。

結局、ロイスリーネはいつものように一人で夕食を取り、ジークハルトだけが昨日の夜、セイランたちと夕食を共にすることとなった。

『陛下ってば晩餐の間、ずっと威圧感を漂わせていてね。さすがのあのお花畑王子も何か言いたそうにしていたけど、声をかけられなかったみたいだよ』

ロイスリーネの侍女のエマを通して晩餐での様子をそう報告してきたのは、ジークハルトの従者のエイベルだ。

『気の毒なのはトレイス侯爵だ。ジークは不機嫌だし、セイラン王子がまた何か変なことを言い出しやしないかとずっとハラハラして、食事もほとんど喉を通らなかったみたい。でも自国の王子を制御できないんだから、仕方ないか。本来なら牢屋に放り込むか、即刻国外に叩き出したいところを、なんとか無言で威圧するだけに留めたんだから感謝してもらいたいくらいだよね』

国外退去を命じ両国の友好関係が破たんしたとしても、正直ルベイラは困らない。困るのはターレス国の方だ。

ターレスは、国土はそこそこ広いものの、そのほとんどが荒地で資源に乏しく、あまり裕福な国ではない。そんな国が距離の離れているルベイラと友好関係になれたのは、数代前の王弟がターレス国の王女と結婚したからだ。

ロイスリーネも小国出身なのでよく分かるが、強国ルベイラと友好関係にあるということは、周辺国との関係において非常に有利な立場になれる。ターレス国も今までその恩恵に与ってきたはずだ。

そんな大事な国に親善使節団を送り込むなら、普通ならば細心の注意を払って人員を選ぶだろう。それなのに今回ターレス国がボンクラ王子を派遣してきたのには、深い理由があるからだった。

――はぁ、まさか、あのお騒がせ王子の背後にクロイツ派がいるかもしれないなんて……。なんてやっかいなの。

そう、すべてはそれに起因している。

事の起こりは、ロイスリーネが離宮から本宮に戻ってすぐのこと。

ターレス国に密偵として派遣していた『影』の一人から報告があったのだ。第三王子のセイランが学園でロイスリーネを自分の婚約者だと吹聴して回っていること。そして恋人であるララを苛めているのは、ロイスリーネの息のかかった令嬢であると非難しているという。

『そんな心の醜い王女など僕の妃として相応しくない！　絶対に婚約破棄してやる！』

セイラン王子はそのようなことを口にしていたらしい。ターレス国王たちはそれを知り、慌てて婚約している事実などないことを説明したが、彼はそれを信じず、今も自分はロイスリーネと婚約していると思い込んでいるという。

それを聞いてロイスリーネが仰天したのは言うまでもない。ターレス国の第三王子のことなど今まで聞いたこともなかったからだ。

急いでロウワンに連絡を取ると「確かに二年ほど前に縁談が持ち込まれたが、その時すでにロイスリーネはジークハルトと婚約していたために、もちろん断った」というような主旨の返事が戻ってきた。

それからすぐ、今度はターレス国から使者がやってきて、その第三王子の件で協力を要請されたのだ。

使者曰く、半年ほど前からセイラン王子の言動がおかしくなった。自分がロウワンの王女と婚約していると思い込み、いくら違うと説明しても信じようとしない。ロイスリーネ王女はルベイラ国王に嫁いだと言えば「婚約者の僕を裏切って結婚だと⁉ なんて卑しい女なんだ。そんな女は王妃として相応しくない！」などと言い始める始末。

『このことがルベイラ国の耳に入って揉め事にならないうちにセイラン殿下を幽閉することもやむなしという話になったのですが、別の懸念が出てきました。我が国では対処が難しいので、ジークハルト陛下のお力を貸していただけないでしょうか？』

ジークハルトは使者の言う「別の懸念」の内容を聞き、仕方なしに協力を決めた。

――だから、私も陛下もセイラン王子がそのうち婚約破棄だの何だの言い出すことは分かっていたのよね。でも、それでも驚いたし呆れたわよ。挨拶をする礼儀すらすっとばして、謁見の場で怒鳴りだすなんて。

　ちなみに謁見の間に集まっていた重臣たちにはあらかじめ事情を説明してあった。あの後、セイラン王子の愚行に皆が呆れて、ロイスリーネに同情的な視線が集まったことは言うまでもない。

「例の王子様、謁見の場に女を連れ込んでいたんだって？」

　リグイラが尋ねる。質問に答えたのはしかめっ面をしたカインだ。

「ああ。本来なら別室で待機しているはずが、セイラン王子が一緒に連れていくと言ってゴネたらしくて、仕方なしに侍従たちも許可したらしい」

　親善使節団にはそれなりの人数がいたが、国王に謁見できるのはそのうちの限られた者たちだけだ。あのララという少女はその中には入れるはずがないし、そもそも正式な親善使節団の一員ではなく、勝手にセイラン王子が連れてきただけだという。

　――本当、使節団の人たちが気の毒だわ……。

　ルベイラに滞在している間、彼らはセイラン王子とララが何をしでかすかハラハラしながら過ごすに違いない。

「しかし、意味不明なことを喚く王子に、平民出身の素性の知れない男爵令嬢、挙句の果てに婚約破棄か。確かにあの事件を彷彿とさせるものがあるね」

　リグイラの言葉に、カインが頷いた。

「ああ、五年前の事件と状況がよく似ている。と言ってもあの時婚約破棄されたのは公爵令嬢で、他国の王女ではなかったが。もし今回も五年前と同じようにクロイツ派が関わっているなら早めに芽を摘む必要がある」

あの事件というのは、五年前にコールス国で起きた婚約破棄事件のことだ。

コールス国の第二王子が男爵家の養女に入れあげて、婚約者だった公爵令嬢に公の場で婚約破棄を言い渡したのだ。

それだけならコールス国だけの問題ですんだだろう。だが、事件はそれだけでは終わらなかった。第二王子の入れあげた男爵家の養女というのがクロイツ派の一員で、強力な『魅了の魔法』を使って、王子やその側近たちをいわば洗脳状態にしていたのだ。

どうやらクロイツ派は第二王子を傀儡として玉座に就かせ、国を乗っ取るつもりだったらしい。

この事件の際、ジークハルトは『影』たちをコールス国へ遣わし、クロイツ派の野望を打ち砕いていた。第二王子の婚約者だった公爵令嬢の母親がルベイラ国の公爵家出身で、ジークハルトとは姻戚関係にあり、協力を頼まれたからだ。

『影』たちの活躍により、男爵令嬢は捕縛され、第二王子は魅了状態から正常に戻ったものの、事件の責任を取る形で幽閉された。

クロイツ派が関わっているということで、この事件の全容は一般の国民には知られていないが、諸外国の王家には事件の詳細が注意喚起として伝えられた。コールス国のクロイツ派の拠点は潰したものの、何人かの幹部が国外に逃げ出して行方不明だったからだ。

もちろん事件のことはターレス国にも伝わっていて、だからこそ国王たちは第三王子の状況がコールス国の事件とよく似ていることに気づいたのだろう。

『我が国の魔法使いたちは、セイラン殿下が魅了の術にかかっている形跡はないと言っています。けれどご存じの通り、我が国では魔法はそれほど盛んではなく、城に仕えている魔法使いの程度もたかが知れています。しかし大国ルベイラであれば、著名な魔法使いたちがいらっしゃることでしょう。一度セイラン殿下を見ていただき、クロイツ派がこの件に関わっていないか調べてもらえないでしょうか？』

使者に頭を下げられ、ジークハルトはこの件を承諾することにした。もしクロイツ派が関わっているとしたら放置することはできないからだ。

話し合いの結果、セイラン王子には何も知らせず親善使節団としてルベイラを訪れることが決まった。

――クロイツ派か。本当にやっかいな相手だわ。

クロイツ派というのは「奇跡や魔法は神のもの。人が行使すべきではない」という思想の下集まった、どの神殿にも属さない一派だ。その教えに従い、魔法使いや『祝福』と呼ばれる神から授かった奇跡の力を使える「聖女」、「魔女」たちを捕まえては虐殺したことから、今ではどの国でも異端扱いされている。

神殿が排除に乗り出したことで一度は壊滅状態に陥ったクロイツ派だが、近年、再び勢力を盛り返し、信者も少しずつ増えてきているという。ルベイラに嫁いで早々ロイスリーネが命を狙われたのも、このクロイツ派の手によるものだった。

「そういえば、ライナス。あんたも謁見の場にいたんだろう？　セイラン王子やララとかいう男爵家の娘を見てどうだったんだい？　魅了の魔法は使われていたのかい？」

ふとリグイラが顔を上げ、店の一角に視線を向けた。

そこに座っていたのはくすんだ金髪に紺色のローブを身に着けた若い男性だ。常連客たちの服装ともカインの着ている軍の制服とも違う。見る者が見れば、彼がまとっているのは王宮魔法使いが身に着けているローブだとすぐ分かっただろう。

男は先ほどから話に加わらず、ずっと手元に視線を落として何かをしていたが、リグイラの呼びかけにようやく顔を上げた。が、その顔の上半分は丸型の分厚いレンズで作られた眼鏡に覆われていて、表情はよく見えない。

「え？　ああ。ターレスの王子ですか？　昨日陛下にも報告しましたが、あの王子が魅了術にかかっている形跡はありませんでした。ついでに言うと、あのララとかいう少女には魔力すらありません。魅了の魔法を使うのは難しいでしょう」

「おや、そうなのかい？」

「ええ。ターレス国の魔法使いの見立ては正しかったと思われます」

男はそう告げると手元に視線を戻す。リグイラは呆れたように言った。

「ライナス、あんた、こんなところまで来て魔道具作りかい。非公式とはいえ陛下たちが来ているんだ。せめてその変な眼鏡くらいは取りな」

「変な眼鏡とは失礼な。これは私の開発した、何倍にも拡大されて見える優れた魔道具ですよ。小さな魔石に魔法文字であるルーンを刻むのはこれがなければ不可能なんです」

ムッと男は口を尖らせる。

「いいから、ここにいる間くらいは手を止めて、ちゃんと顔を見せな」

「リグイラさん、私たちは気にしないわよ」

ロイスリーネは取り成すように口を挟んだ。

「彼も忙しいのに、無理を言って来てもらっているんだから、魔道具を作りながらでも全然構わないわ」

「ありがとうございます、王妃様。……そうですね。陛下と王妃様の前で目を隠すのは失礼ですね。ここにいる間は外しましょう」

言いながらライナスは瓶底のような眼鏡を外した。

そこから出てきたのはけぶるような印象的な灰色の目だ。全体的な顔だちも整っている。くすんだ金髪はきっちりと七と三に分けられ、丸眼鏡とローブ姿でさえなければ、地位の高い文官のようにも見えた。だがもちろん文官ではない。

ライナス・デルフュール。彼こそ二十九歳という若さでこのルベイラ国の魔法使いの頂点に立っている、世界最高峰の魔法使いの一人だ。

ロイスリーネと同じくロウワン国出身で、十代の頃ルベイラ国にスカウトされてこの国に来て以来、天才の名を欲しいままにしている。

――まぁ、素顔はただの魔道具マニアですけれどね。

真面目な青年に見えるライナスだが、その中身は見てくれに反して少し残念なことになっている。

もちろん若くして長になるくらいだから、優れた魔法使いなのだろうし、実際に仕事もできる男なのだが、すべての情熱と才能を魔道具作りに注いでいる変人なのだ。

聞けばルベイラのスカウトに応じたのも「魔道具にいくら費用をかけても構わないと言われたから」だというし、実際に潤沢な予算を使ってたくさんの魔道具を作り出している。ジークハルトが身に着けている変身用のピアスを作ったのも、当然このライナスだった。

――いい人なんだけど、問題は魔道具のことを語らせると話が長いってことよね。

目の前で一時間くらいわけの分からない魔道具の話をされた時など、ロイスリーネは幾度も欠伸を噛み殺さなければならなかった。ちなみに傍にいた侍女のエマは「殴ってやり

たい」などと物騒なことを何度も呟いていた。

――あと、ちょっと自意識過剰なところがあって「私は天才だから」などと自称しているところが、少し鼻につくというかなんというか……。

もっともこの感想は魔力を持ちながらまったく魔法を使えないロイスリーネの僻みが多少入り混じっていたりもする。

「ああ、あと陛下。昨夜トレイス侯爵から提供されたセイラン王子の髪も分析しましたが、今のところ薬物が使われた形跡もないそうです」

ライナスの報告に、カインが顔をしかめる。

「ということは五年前の事件とは少し異なるな」

「薬物も魔法も使われていないってことは、あの言動はセイラン王子の意思でやっているってことですよね？」

ロイスリーネはこてっと首を傾ける。あれで素面であったなら、いよいよセイラン王子の頭の中身を心配しなければと本気で思う。

だがカインは首を横に振った。

「そう結論づけるのはまだ早い。クロイツ派が別の形で関わっている可能性もある。しばらく彼らの様子を注視してみるつもりだ。その間にセイラン王子たちの周辺を探って手がかりを見つけよう。リグイラ、今の時点で分かっていることを教えてくれ」

ちょうど見計らったようにキーツが厨房から何枚かの紙を手に戻ってきた。きっとターレスに派遣していた『影』たちが調べた報告書なのだろう。リグイラはキーツから紙を受け取ると、ふむふむと頷きながら目を通す。

「まず、セイラン王子から。セイラン王子はターレスの第三王子で十九歳だそうだよ」

「え？　十九歳？　私より年上？」

思わずロイスリーネは口を挟んでいた。てっきり年下だと思っていたのだ。

「ああ、報告書にはそう書いてある。あんたより年上だね」

「あれで年上……」

ロイスリーネは謁見の間で見たセイラン王子の姿を思い浮かべた。

確かに容姿はそれなりに整っていたように思う。良く言えば甘い顔だちで、悪く言えば優男ふうとでも言うべきか。ただ、十九歳という年齢のわりには幼く見えた。

――あのくるくると渦を巻く茶色の髪のせいか、ロウワンでお兄様が飼っていた犬のことを思い出すのよね。お兄様に近づく女性にはいつもキャンキャンと吼えていたあの犬に。

「ターレス国の第一王子は後継ぎとして、第二王子は第一王子に万が一のことがあった時のために備えて厳しく育てられたみたいだが、セイラン王子は上の二人の兄とは歳が離れていることもあって、ずいぶん甘やかされて育ったようだ。勉強嫌いで家庭教師から逃げ回り、剣の稽古も怖がって参加しなかったらしいよ」

「……そんなだからアホに育つんだ」

ボソッと呟いたのはカインだった。

「まったくの同感だね。そんなわがままいっぱい奔放に育ったセイラン王子も、貴族の子息や令嬢が通う学園に通わなければならなくなった。が、その時になって国王夫妻は頭を抱えたそうだ。なぜって、勉強嫌いのセイラン王子は学園に通うための基礎的な学力すら身につけていなかったから。そこで仮病を使い静養のためと称して一年入学を遅らせ、学者で著名な教育者でもあったトレイス侯爵を家庭教師につけて猛勉強させたんだって」

「あら、あの方、そんなにすごい方だったの？」

「そのようだね。領地で平民が学べる学校を造り、自らも教師として教えていたそうだ。その授業が分かりやすいと評判になり、周辺の領主の子息などにも勉強を教えるようになったらしい。国王夫妻はそんな彼を見込んでセイラン王子の家庭教師に抜擢した。一年後、無事にセイラン王子は学園に入学できたっていうから、教師として優秀なんだろうね」

「どうりで政治向きの人物には見えなかったわけだ。親善使節団の代表に任命されたのは、セイラン王子のお目付け役として教育係の彼が適任だったからか」

カインが気の毒そうに呟いた。リグイラが顔を上げる。

「その通り。セイラン王子が学園に入学してからも教育係として王都に留まり、彼の学業の補佐をしていたんだが、半年前から王子の言動がおかしくなったことで微妙な立場に立たされているそうだよ。今回の使節団の代表も、お守りを押しつけられたといったところだね」

トレイス侯爵は灰色の髪に水色の目をした人のよさそうな中年の男性だ。今のところ土下座をしている姿や、青ざめた場面しか見ていないが、普段はもっと威厳のある人物なのだろう。

ロイスリーネはもう彼に対して気の毒という感情しか出てこなかった。三十九歳という実年齢より歳を取っているように見えるのは、きっとセイラン王子に振り回されているからに違いない。

リグイラは手元の紙に視線を落とすと、話を続けた。

「セイラン王子の話に戻るけど、入学して二年間はそれなりに順調だったようだよ。友人……というか側近候補たちだね、彼らと一緒に生徒会に入って精力的に活動もしていた。ところが半年前、ララ・フォーリックという男爵家の令嬢が入学してきてから様子がおかしくなった」

「セイラン王子が妙な言動をし始めたのも半年前だったな」

「そう、ターレスの国王たちは五年前のコールス国の事件を思い出し、ララという娘のせいだと確信したそうだが、魔法使いたちに診せても魅了術も洗脳術も使われてないと言われて途方に暮れたようだ。事が事だけに困り果てて、ルベイラを頼ってきたって話だね。

さて、次はそのララ・フォーリックのことだけど……」

言いながらリグイラは眉を顰める。

「元は平民で、両親は靴屋を営んでいたようだ。ところが三年前、父親の病気を機に店を畳んで一家で王都を出ていったそうだ。どこへ行ったかはよく分かっておらず、今も調査中だ。分かってるのは、一年前に娘のララが突然フォーリック男爵の養女となったことだけ」

「リグイラさん。フォーリック男爵はどういう理由で彼女を養女にしたんですか？　魔力もないそうですし、教養があるようには見えませんでしたが」

謁見の場で平民が着るようなワンピース姿で現われたララという少女を思い出しながら尋ねると、リグイラは肩をすくめた。

「それがね、分からないんだよ。男爵の庶子っていうわけでもないらしい」

貴族が平民を養子に迎えることはまったくないわけではないが、自分の庶子でない限りは何かしら理由があるものだ。魔力が高かったり、優秀だったり。

「それに、不明なのは男爵家に迎えられた理由だけじゃない。男爵家の養女になる前にあのララって子がどこで何をしていたのかもまったく不明なんだよ。重要なことなのに……」

「大丈夫だ。ターレスに行ったゲールとマイクならきっとうまく突き止めてくれるさ。差し当たってセイラン王子の周辺で留意すべき人物はそれだけか？」

カインが尋ねると、リグイラは首を横に振った。

「いや、もう一人いる。トール・ドノバンだ。ターレス国の筆頭魔法使いケイン・ドノバンの次男で、セイラン王子の側近だ。今回の親善使節団のメンバーにも入っている」

「ほう、魔法使い」

ライナスが反応する。

「謁見の場にいた親善使節団のメンバーにそれほど魔力の高い者はいなかったように見受けられますが……」

「謁見の間には入らずに別室で待機していたようだよ。気になるなら、後で確認したらいい。トールの年齢は十八。魔法使いとしてはまだまだ未熟なようで、修行中といったところか。だから今回も王子の護衛というより、友人枠、あるいは話し相手としてメンバーに選ばれたという話だ。学園では王子と同じく生徒会に入って書記として仕事をしている。ふむ……どうやら最初にララに入れあげたのはこのトールって子のようだね」

にやりとリグイラが笑う。

「入学式で迷子になったララを講堂まで送り届けたのがこのトールって子で、学園では最初に親しくなっている。セイラン王子にララを紹介したのも彼だそうだ。自分の想い人だと言ってね。それがきっかけで王子とララは付き合い始めたらしい」

「……ちょっと待ってくれ。トールって子はそれで納得しているのか？　いくら主君でも好きな女性を取られたらいい気持ちはしないだろうに」

　同じ男としてその状況に納得できないのだろう。カインは思いっきり顔をしかめていた。けれど、リグイラは違う。意味ありげに片眉を上げている。

「ところが、トールは二人の仲を許したどころか、応援しているらしいんだよ」

「……は？」

「不可解だろう？　本当にトールがララのことを好きだったのなら、そういうことにはならないだろうに。もちろん、主君をたてたのかもしれないが、あの年齢の少年にはちと無理だろう。完全に自分の気持ちを押し殺すなんて芸当はさ。セイラン王子の言動が極端だからあまり目立っていないけれど、トールって子の反応もおかしいんだよ」

　カインは顎に手をかけてしばし思案する。

「……つまり、そのトールも洗脳されている。あるいは操られているってことか？」

「その可能性が高いってこと。カイン、トールって子も注視しておいた方がいい。その子が事態解決の突破口になるかもしれない」

「ではその子のことは私たちが引き受けましょう」

　言いながら椅子から立ち上がったのは、ライナスだった。

「魔法使いのことは魔法使いにおまかせを。陛下たちはセイラン王子とララとかいう娘の方をお願いします」

「分かった。頼むぞライナス」

「はい。もちろんです」

方針が固まったのか、カインはリグイラと顔を見合わせて頷き合う。

リグイラが声を張り上げた。

「よし、みんな聞いていたね。カインとリーネの護衛に付く者以外はセイラン王子とララ、それに親善使節団の連中の監視だ。変な動きをする者がいたらすぐに知らせるんだよ」

「うぃっす」

「了解です」

「まかせてくださいよ～」

常連客たちは口々に返事をする。中にはふざけた調子の声もあったが、仕事は真面目にこなす連中だ。

「それじゃ解散！」

号令と共に店内にいた常連客の姿がいっせいに掻き消える。いつの間にか戸口が開いていて、そこから風が店内に流れ込んできていた。どうやら目にも止まらぬ速さで店から飛び出していったようだ。

「まったく。戸口くらい閉めていけばいいものを」

ぶつぶつ言いながらリグイラが扉を閉めに行く。最後まで残っていたのはリグイラとキーツ、ロイスリーネにカイン。それにライナスだけだった。

ライナスはカインとロイスリーネの座る席に近づくと言った。

「それでは陛下。王妃様。私も失礼します。頼まれていた例の魔道具もようやく仕上げ段階に入りましたので。ぐふふふ。今回の依頼も非常にやりがいがありましたとも」

ぐふぐふと奇妙な声でライナスは笑った。

──ほんっと、魔道具が関わると美形が台無しで残念すぎる……！

「そうか。いつも無茶言ってすまないな、ライナス」

「いえいえ、とんでもありません。金に糸目をつけず作らせていただいて、とても感謝しております。完成したらすぐにお届けにあがりますね。では」

最後ににっこりと満足そうに笑ってライナスはその場から消えた。転移の魔法を使って王宮に直接跳んだのだろう。

「ライナスに魔道具を頼んだのですか？」

「ああ、もしもの場合を考えてね。そういえば、この間ライナスに作ってもらった魔道具の調子はどう？」

とたんにロイスリーネはパッと笑顔になった。

「すごくいいです！　エマもとても楽になったと喜んでいました！」

「そう。よかった」

ロイスリーネの笑顔につられるようにカインも笑みを浮かべた。

ライナスに作ってもらった魔道具とは、ジェシー人形が身代わりとしてロイスリーネの姿に化けるのを補助してくれるピアスだ。

今までエマは人形がロイスリーネの姿を保つ間ずっと魔力を使い続けていたのだが、魔道具のおかげで消費する魔力がぐっと減ったのだという。

これはロイスリーネも嬉しかった。なぜなら自分が自由に動くためにエマに長時間魔力を使わせることをずっと申し訳なく思っていたからだ。

「ありがとうございます、カインさん！　……いえ、この場合は陛下、ですかね？」

お礼を言ったものの、急に自信がなくなり、声に勢いがなくなっていく。

――ライナスに魔道具を依頼してくれたのは陛下だから、カインさんにお礼を言うのも何か変かも？　……いや、でも陛下はカインさんでもあるし、カインさんは陛下でもあるからして！

何が正解なのか分からなくなってくる。

ぐるぐる余計なことを考えていると、カインはくすっと笑ってロイスリーネの頭に手を乗せた。

「どっちでもいいよ。両方とも『俺』なんだから。それより面倒なことになったが、皆の力を合わせて乗り越えよう。な？」

「……は、はい……っ」

なんとなく恥ずかしくなり、ロイスリーネは顔に熱が上がってくるのを感じた。

──カインさんに頭を撫でられるのは初めてじゃないのにっ……！

それなのにカインがジークハルトだと思うと、前ほど平静でいられなくなる。前もそれほど平静ではなかったような気がするが、それはひとまず置いておこう。

カインの手のひらが頭から離れても、ロイスリーネの赤く染まった顔はなかなか戻らなかった。顔の熱を冷ますため、あるいは赤くなっているのを隠すように、手のひらで頬を覆う。

この時ロイスリーネは頬を隠すのに精一杯で気づかなかったが、つられたようにジークハルトもほんのりと耳を赤く染めていた。

そしてそんな二人をリグイラとキーツが微笑ましそうに見守っていたのだった。

第二章　色々めんどうです

「ただいま〜」

「おかえりなさいませ、リーネ様」

「おかえりなさいませ、王妃様」

秘密の通路を通り、王宮の本宮にある部屋に戻ると、複数の声に迎えられた。

「リーネ様」とロイスリーネに呼びかけたのはロウワンから連れてきた腹心の侍女であるエマだ。

エマだけは未だにロウワンにいた頃と変わらない呼び方をしてくれる。侍女長からたまに注意されることもあるようだが、公の場ではちゃんと「王妃様」と使い分けをしているので、大目に見てもらっているそうだ。

他の侍女はルベイラの王宮で雇われているので呼び方は「王妃様」になる。

ロイスリーネの侍女は、離宮から本宮に移ると同時に増えてしまった。前は常に傍にいるのはエマだけだったのに、今では夜以外はめったに二人きりになることはない。

――正直に言えばこんなに侍女はいらないんだけど、「王妃様の侍女が一人だけというわけにはいかない」と、侍女長と女官長に押し切られてしまったのよね。

侍女長と女官長はジークハルトが呪いで夜に動けなくなることも、時々王宮を抜け出して「カイン」になっていることも知っている数少ない人間だ。

二人ともロイスリーネが「リーネ」として働いていることにいい顔はしなかったが、国王も似たようなことをやっているため反対もできず、仕方ないと協力してくれるようになった。

ここにいる侍女も全員ロイスリーネが昼間王宮を抜け出していることを知っていて、アリバイ工作に協力してくれている。侍女長と女官長推薦の、口が堅くて信用できる侍女たちだ。

「ごめんなさい、予定より少し遅くなってしまったわ」

眼鏡を預けながら申し訳なさそうに言うと、エマはにっこりと笑って首を振った。

「大丈夫です。まだ時間はありますから」

「いつもありがとう、エマ。それにジェシーも」

ロイスリーネはソファに座っている「ロイスリーネ王妃」に声をかけた。だがもちろんここに座っている「王妃」は魔法でロイスリーネそっくりに化けさせた人形なので、返事はない。

ジェシー人形はルベイラに嫁入りする際に姉のリンダローネが贈ってくれたものだ。人形にリンダローネの魔力が込められていて、そこにエマの魔法を加わえることでロイスリーネの身代わりをつくって不在をごまかしているのだ。

それとは別に、最近、ジェシー人形は侍女たちに大人気だった。

「また新しいドレスを着ているのね」

今日の「ロイスリーネ王妃」は真っ白なフリフリのドレスを身に着けている。幾重にもレースを重ねたドレスは可愛いと言えば可愛いが、ここまでゴテゴテしているのは本物のロイスリーネの趣味ではない。

「カテリナさんの新作です」

カテリナというのはロイスリーネに付けられた侍女の一人だ。裁縫が得意で、しかも人形の服を作るのが大好きというカテリナは、しょっちゅうジェシー人形用にドレスを作っては着せている。そして他の侍女もそれにノリノリなのだ。

「王妃様にはこういうドレスも似合うと思います」

「私は前回の若草色のドレスの方が合っていると思うわ。王妃様の瞳の色と相まってとても黒髪が映えますもの」

「あれは侍女長様も気に入ってくださって、似たようなデザインで発注済みよ」

「カテリナ！　今度はサテン入りのドレスを作ってみて。色は水色で、こんな感じのデザ

イン で！」

……そう。すっかりジェシー人形はロイスリーネのドレス用の着せ替え人形になってしまったのだ。

ロイスリーネそっくりなのだから、仕方ないと言えば仕方ないのかもしれない。何しろ人形用にドレスを作れば、ロイスリーネに試着してもらう必要がなくなるのだから。

何日もかかる新着ドレスの発注が等身大の人形で進められる。

『王妃様のドレスを何着か増やす予定でしたので、ちょうどいいですわ』

とは侍女長の談だ。

「ハハハハ。皆……ほどほどにお願いね……？」

この状況にはロイスリーネも苦笑するしかなかった。

――まぁ、その時間を「リーネ」に当てられるのだからいいのだけれど……。

エマがソファにいた「ロイスリーネ王妃」改めジェシー人形に触れる。するとポンッと音を立てて「ロイスリーネ王妃」は黒髪に緑色の目を持つジェシー人形に戻った。エマが魔法を解いたのだ。

「エマもお疲れ様」

「私はたいしたことはしていませんよ。ライナスさんが作ってくれたこのピアスのおかげですね」

ジェシー人形を抱きかかえながらエマは反対側の手で右耳についている青いピアスを指す。これのおかげでエマも簡単にジェシー人形に魔法をかけられるし、長い時間持続できるようになった。

「いつか遠隔で魔法を維持できるようになれば、私もリーネ様と一緒に街に行ってお手伝いすることが可能になるかもしれません」

魔法の維持と、ロイスリーネの不在をごまかすため、エマは供につくことができない。仕方のないものとすっかり諦めていたのだが、ライナスのおかげで希望が持てたようだ。

――でもそれはちょっと……。給仕係の補助なんて仕事はないし、私だって雇われている身なんだし……。

ロイスリーネはできれば一番信頼しているエマに留守をあずかってもらいたかった。でも主君が心配だからついていきたいというエマの思いも分かるのだ。

「エマ、私が留守の間に何も問題はなかった？」

毎回尋ねている質問を口にする。だいたい「何も問題はありませんでした」と返ってくるのだが、今日は違った。

エマは他の侍女と顔を見合わせ、さっきまでドレスのことではしゃいでいた侍女たちはとたんに困ったような表情を浮かべる。

あ、これは何かあったな、とロイスリーネはすぐにピンときた。案の定、エマは言いにくそうに答える。

「実は例のセイラン王子が、リーネ様に会わせろと突然部屋の前までやってきたんです」

「はぁ？」

「護衛の兵が『面会の予定のない方は通すことはできません』と追い返したのですが、しつこくて。いつ護衛の兵を振り切って部屋に押し入ってくるか気が気じゃありませんでした」

セイランは『僕はターレス国の王子だぞ！』と言って、しばらくの間扉の前で護衛と押し問答していたらしい。

「宰相様が駆けつけてきてくださってようやく追い払えたのですが、どうやらあの後も宰相様や女官長様のところに突撃して『会えるように手はずを整えろ』と言ってきたらしいのです」

「ああ……」

ロイスリーネは思わず片手で目を覆った。

あのまま引き下がるとは思えなかったが、やっぱり騒動を起こしているらしい。

「皆にも、迷惑かけるわね」

あのお花畑王子と婚約した覚えはこれっぽっちもないが、なんだか申し訳なくなってくる。

「まぁ、王妃様のせいではありませんわ！」

「そうです。頭のおかしいあの王子のせいです」

侍女たちが口々に言った。

「王子様らしからぬ態度だし、何より王妃様を呼び捨てにするなんて、許せませんわ！」

「そうです！　それを許されているのはジークハルト陛下だけですのに！」

よほど腹に据えかねたのか、セイランの態度がひどかったからなのか、どんどん怒りがヒートアップしてくる侍女たちをどう鎮めようかと思っていると、扉から軽やかなノックの音が聞こえた。

「失礼します。エイベルです」

どうやらやってきたのはジークハルトの従者のエイベル・クライムハイツのようだ。エマに頷いてみせると、彼女は頷き返して扉を開けにいった。

「こんにちは、王妃様。ごきげんよう、皆さん」

エイベルが笑顔を振りまきながら、明るい口調で部屋に入ってくる。

「まぁ、エイベル様！」

「ごきげんよう、エイベル様！」

侍女たちは彼の来訪に顔を輝かせた。

ジークハルトの乳兄弟であり、従者のエイベルは金髪に水色の目をした明るい性格の青年だ。愛嬌があり、話し上手な上にいつでも楽しそうな笑顔を浮かべているので、女性には人気があった。

ただし、エマを除いて。

エマはエイベルのことを「うさんくさい男」だと思っており、彼の姿を見るたびに嫌な顔をするのだ。今も歓迎している侍女の中で、ただ一人眉を寄せている。

一方、エイベルの方はエマを気に入っているらしく、嫌がっているのが分かっていながらよく話しかけ、睨まれてはニヤニヤしている。

嫌がられるのが嬉しいとか、ずいぶん変な趣味だなとロイスリーネなどは思っているが、他人の趣向に口を出す気はない。ただエマが気の毒だとは思う。

——エイベルが陛下の従者で、エマが私の侍女である限り避けようがないものね。ごめんなさい。

心の中でエマに手を合わせながら、ロイスリーネはエイベルに声をかけた。

「エイベル、どうかしましたか？　陛下から何か？」

ジークハルトが「カイン」になっている間、エイベルは魔法で「ジークハルト陛下」の姿になって彼の身代わりをしている。そのエイベルがこうして本来の姿でいるということは、ジークハルトも無事に王宮に戻ってきたのだろう。

——わざわざエイベルをよこすなんて、何か私に言い忘れたことでもあったのかしら？

ところがエイベルは「いえ」と首を横に振った。

「陛下からではなく、カーティス……いえ、宰相から伝言を預かってまいりました」

「宰相から？」

「はい。ターレス国のセイラン王子が、王妃様に会わせろと宰相のところへやってきまして。……いえ、もちろん宰相はきっぱり断りましたよ。『たとえ他国の王子といえど、礼儀をわきまえない方と王妃様を会わせるわけにはいきません』って」

「まぁ、さすが宰相様！」

「よく言ってくださいました。あんな無礼な王子、王妃様に会わせる必要ありません」

「宰相様なら断ってくださると思ってましたわ！」

侍女たちが口々に褒めそやす。ロイスリーネも心の中では大いに同意したが、彼女たちの言葉にいちいち反応していたら話が進まないので、先を促すことにした。

「それで、宰相の伝言とは？」

「はい。そのことで陛下も交えて王妃様に相談したいことがあるそうなので、明日の朝食後に少しお時間をいただいてもよろしいでしょうか、とのことです」

「もちろん構わないわ」

本当なら明日は親善使節団との交流会があって、ロイスリーネも顔を出す予定だったのだが、ジークハルトがセイラン王子と顔を合わせる機会を徹底的に排除したため、予定がね。

なくなってしまったのだ。

表向きは昨晩に続いて王妃は体調が悪いため欠席、ということになるだろう。

――本当は『緑葉亭』に行くつもりだったんだけど、朝食後だったら十分間に合うわ

「ありがとうございます、王妃様。宰相にはそう伝えておきます」

「お願いするわ」

「それでは僕はこれで失礼します。皆様も、お仕事中お邪魔しました」

エイベルは優雅な仕草で礼を取ると、侍女たち――もちろんエマにも愛想よく挨拶をして帰っていった。

「エイベル様、やっぱり素敵ねぇ」

「身分に関係なく誰にでも優しいし、いつも笑顔だし」

「陛下は綺麗すぎて恐れ多いけれど、エイベル様は気さくで話しかけやすいのもいいわ」

再び侍女たちがエイベルを褒めそやすと、それを遮るようなエマの言葉が響いた。

「皆さん、そろそろ夕食に間に合うようにリーネ様の準備をしなければなりませんよ」

おそらくエマはエイベルへの称賛など聞きたくなくて、わざと遮ったに違いない。が、さすが優秀な侍女たちだ。エマの言葉ですぐに気持ちを切り替え、仕事モードに入った。

「王妃様の今日のドレスは……」

「私が取ってきますわ」

「では私は装飾品を準備するわ」

侍女たちはテキパキと動き始める。エマもロイスリーネの着替えを手伝うために、ワンピースの背中のボタンを外していく。

「王妃様、今晩はこちらのドレスをお召しくださいませ」

侍女の一人がドレスを手に戻ってくる。この後のロイスリーネは公務ではないが、タリス公爵家の令嬢リリーナと夕食を取る予定になっているのだ。

リリーナはジークハルトとロイスリーネが婚約する三年前までは、王妃候補の筆頭だった人物だ。

タリス公爵家は王族にもっとも血縁が近く、当主や嫡男もジークハルトに次いで王位継承権を保有している。そのためリリーナの血統は文句なく、ジークハルトとは歳も近くて幼馴染といってもいい間柄だ。容姿も秀でていて、しかも聡明。ルベイラの社交界の華とも言われている女性だった。

「分かったわ。ありがとう」

それから侍女総出でロイスリーネのドレスを着付け、準備を進めた。

一時間半後、ようやく支度を終えた頃には、ダイニングルームに移動しなければならない時刻になっていた。

「王妃様、そろそろお時間です」

女官長が呼びにやってくる。

「分かったわ。それでは皆、行きますよ」

侍女たちに囲まれ、さらに女官長や護衛の騎士まで引き連れて、ロイスリーネは部屋を出た。

──リリーナ様か……。うーん、素敵な方だけれど、少し苦手なのよね。

苦手意識があるせいか、ロイスリーネの足は遅くなりがちだ。

確かにリリーナはジークハルトの花嫁筆頭候補だった女性だ。けれど、本人にその気はなく、むしろロイスリーネとジークハルトの結婚を歓迎した一人でもある。

ロイスリーネは彼女を紹介されたものの、ジークハルトと結婚してすぐの一ヶ月は環境に慣れるのに忙しく、それから半年間は離宮に軟禁状態だったので、交流はほとんどなかった。

命の危険がなくなり、本宮に戻ってきてからようやくまともに交流できるようになり、今では時々こうして夕食を共にする仲になったのだが……。

──どうも構えちゃうのよね。離宮にいる間、公務を代行してもらっていた恩もあるし、ご本人はとても聡明で朗らかな方なのに。

ただ、時々どういうわけかロイスリーネをじっと見つめていることがあるのだ。探られているような気になってしまい、どうにも居心地が悪い。

——うーん、打てば響くような方で、話をしている分にはとても面白いし、姉様みたいで好きなんだけど……。

もしかしたら、彼女がかつてジークハルトの花嫁候補だったということが、自分で考えている以上に気にかかっているのかもしれない。

本宮にあるダイニングルームの中でもっとも小さな部屋に入ると、リリーナはすでに到着していた。

縦ロール状に巻いた淡い金髪に、アメジストのような紫色の瞳。神々しいほどの美貌。リリーナ・タリスはロイスリーネが知る中でもリンダローネと並んで美しい女性だった。それも知的な美人だ。

——実際にとても賢い方だし。……きっと私たちが並ぶと、より王妃らしく見えるのはリリーナ様なんでしょうね。

仕方ないと思いつつも、やはり少し悔しい。ロイスリーネがリリーナを苦手とするのは、自分の至らなさを改めて突きつけられるのも理由の一つだろう。

「王妃様、ごきげんよう。本日はお招きいただき、ありがとうございます」

リリーナはそう言って、完璧な淑女の礼を取る。

「ごきげんよう、リリーナ様。今日はよく来てくださいました」

ロイスリーネもにこやかに応じた。

二人がテーブルの席に着くのを見計らったように料理が運ばれてくる。毒見済みなのでいつものように少し冷めた料理だが、王宮の中でも最高級の料理人によって作られているだけあって、味はいい。

料理に舌鼓を打ちながら、当たり障りのない会話を交わす。

けれど、食事が終わり、配ぜん担当の侍女の出入りがなくなったとたん、リリーナは身を乗り出した。

「王妃様。父と兄から聞きましたわ、謁見の間でのこと。例のターレス国のセイラン王子とその連れの女性。二人揃って稀に見るバカだったとか」

ロイスリーネの顔に苦笑が浮かぶ。

リリーナは社交界の華で、誰が見ても完璧な淑女だが、どうやら素はこちらの方らしく、先ほどまで澄ました態度だったのは、給仕の者たちが出入りしていたからのようだ。

今ダイニングルームの中にいるのはエマをはじめとするロイスリーネの侍女たちだけ。つまり、事情を知っている人間だけなので、被っていた猫を外して遠慮がなくなったのである。

王妃として公務を行っている時はロイスリーネも猫を被っているので、要するにリリーナは同類だ。

だからロイスリーネも猫を外して応じる。

「そうなの。いくら婚約した覚えはないと言っても全然聞く耳を持たなくて。『婚約破棄だ！』の一点張りよ。しかも私の取り巻きが学園であの女性――ララだったかしら。彼女を苛めていたんですって。どうして他国の学園に私の取り巻きがいると思えるのか、理解に苦しむわ」

「王妃様には災難でしたわね。でも私もそのやり取り、この目で見てみたかったですわ！　いいネタになったでしょうに」

「ネタ？」

時々リリーナは妙なことを言う。ロイスリーネがキョトンとすると、リリーナは「ホホホ」とごまかすように笑った。

「いえ、こちらの話ですわ。それよりも王妃様が侮辱されている間、ヘタレ……いえ、陛下はどうしていたんです？」

「陛下は無表情でしたけど、ずいぶん怒っていたわ。事故に見せかけて殺るとか物騒なことを言って宰相にたしなめられていました」

いや、宰相は「殺るなら国外に出してからにしろ」と追いうちをかけていたのだが、そこは詳しく説明する必要はないだろう。

「陛下も甘いこと。いくらターレス国に調査を頼まれたとはいえ、王妃様が侮辱されたのだから牢屋に入れるくらいしたらいいのに」

これだからヘタレは……などとリリーナはブツブツ言う。国王に対してヘタレ呼ばわりするリリーナもすごいとは思うが、それだけ親しいのだと思うと、ほんの少しモヤモヤしてしまう。

——リリーナ様は陛下が「カイン」になって王宮の外に出ていることも、私が「リーネ」として『緑葉亭』で働いていることも陛下に聞いてご存じだ。

リリーナ曰く「陛下とエイベルに無理矢理吐かせた」から知っているとのことだが、ロイスリーネに言わせれば、いくら幼馴染でもジークハルトが信頼できない相手に話すとは思えない。

——陛下はリリーナ様を信用に足る人物だと分かっているから話したのだわ。

それだけ互いに心を許し合っているのだと思うと、これもまたモヤモヤしてしまうロイスリーネだった。

「……牢屋に入れたところでもっとうるさくなるだけな気もしますわ、あの二人なら」

「やっぱりその二人、見てみたいですわ。……いえ、話をしてみたい。どういう精神構造をしているのか探ることができたら、きっといい題材になるかも……いえ、何でもありません。こっちの話ですわ」

リリーナはまたしても「ホホホ」と笑うと、急に話題を変えた。

「時に王妃様。陛下と王妃様の仲はどうなっておりますの？　何か進展がありました？　いえ、王宮内では何も変わっていないのは分かっておりますわ。でも王妃様は外でカインとも会ってらっしゃるのでしょう？　正体を隠して変装している夫婦が外でバッタリなんて美味しい状況なんですもの。そろそろ何かしら進展があってもいい頃合いですわ」

ぐいぐい来られて、さすがのロイスリーネもたじたじとなった。なぜか会うたびにリリーナはジークハルトとの間に進展があったか尋ねてくるのだ。

「いえ、別になんとも……。外では夫婦ではなくてあくまで給仕係と常連客という間柄ですから」

「つまり全然進んでないのですね……これだからヘタレは」

がっかりしたようにリリーナはため息をついた。

――リリーナ様が妙に陛下と私の夫婦仲を気にするのは、やっぱり呪いのことがあるからなのかしら？

リリーナがジークハルトの王妃になることを望まないのも、筆頭公爵家であるタリス家の面々が妙にロイスリーネを応援するのも、すべては呪いが関係している。

夜の神の呪いから国民を守るため呪いを一手に引き受けている王家だが、リリーナ曰く「王族の血が呪われているのではなく、この国の王と王太子だから呪われる」のだそうだ。

『この国は長く続いていますわよね。王族は初代国王の血を継いでずっとこの国に君臨し続けている。でも、これだけ長い歴史があるのですもの。かつてはクーデターが起きて王位を奪われたこともあるのです。けれど、クーデターの首謀者は王位についたとたん呪われて、一ヶ月もしないうちに衰弱死してしまったそうです。後を継いだ嫡男も同じようにすぐに亡くなって、さらにその後に王位を継いだ者も……。ようやく彼らは言い伝えられてきた夜の神の呪いが存在し、それに耐えられるのは初代王の血を継ぐ者だけだと悟ったのです。その後、唯一生き残っていた旧王家の王子が玉座に返り咲きましたが、彼は呪いに冒されることなく寿命をまっとうしたそうです。つまり呪われているのは、厳密に言えば王族ではなく、玉座そのものと言えますわね』

今は呪いに冒されていないタリス家だが、ジークハルトが後継ぎもなく亡くなってしまえば、初代王家の血を継ぐ家系として王位につかざるを得なくなり、今度はリリーナの父か兄が呪われることになってしまう。

反対にジークハルトが呪いから逃れるには、王位を誰かに譲って国を離れればいいのだ。

――でも、責任感が強い陛下は、決して逃げようとはしないんでしょうね。

頑張るあまり笑うことを忘れてしまっても、ジークハルトは王で在り続けている。

『王族に……陛下にすべてを押しつけて逃れようとしているという自覚も罪の意識もありますわ。だからこそ、なのでしょうね。陛下がロイスリーネ様を伴侶にと望むのであれば、できるだけ叶えてあげたいと私たちは思っているのです。ましてや王妃様は陛下の呪いを解けるかもしれない人物です。絶対に逃がしませんわ』

――いや、逃がさないって、なにそれ怖い。

そもそもロイスリーネにはジークハルトの呪いを解いているという自覚はない。

――『還元』のギフトがあるって言われても、全然私には分からないし！

ギフトというのは魔法とはまた違う、神からの贈り物である奇跡の力だ。このギフトを持って生まれる人間は稀有で、ほぼ女性であることからギフト持ちは「聖女」や「魔女」と呼ばれている。

何を隠そう、ロウワンの王妃であるロイスリーネの母親は『解呪』のギフトを持つ「魔女」で、姉のリンダローネは『豊穣』のギフト持ちだ。

母親の家系はギフト持ちを多く輩出する家系として有名で、ロイスリーネが生まれた時もギフト持ちではないかと期待されたものだ。……けれどロイスリーネにはギフトがなかった。少なくともそう発表された。

魔力はあれど魔法も使えず、ギフトもない。ロイスリーネは「期待外れ」の王女だと一部の臣下に陰口を叩かれながら育った。

ところが大国ルベイラに嫁いで、この歳になって初めて実はギフト持ちで、それも「還元」という稀有なギフトを持っていると言われたのだ。

そしてこのギフトによって無意識の間にジークハルトの呪いをも少しずつ『還元』――

つまり呪いをなかった状態にしていってるらしい。昔は日没から日の出まで呪いの影響によってまったく動けなかったというジークハルトが、少しずつ夜でも動ける時間が増えてきたのだという。

――でも私にはその自覚がさっぱりないのよね。それに散々ギフトがないからと期待外れ扱いされていたのに、今になってすごいギフト持ってますよと言われても。

知覚できないギフトなんて、持っていないに等しい。ロイスリーネ自身は前と少しも変わっていないのだから、なおさらそう思うのだ。

――でも……。

不意にロイスリーネは数ヶ月前、クロイツ派の事件が解決した後にジークハルトに言われたことを思い出してほんのりと頬を染めた。

『君が隣にいてくれればジークハルトとして忘れてしまった笑顔を取り戻せる気がする。だからどうかこの先も、ずっと俺の傍にいてほしい。王妃として』

『俺は六年前に一緒に過ごした女の子に隣にいてほしいと思ったから、結婚を申し込んだんだ』

ジークハルトの呪いを少しずつ解いているという『還元』のギフト。ロイスリーネにとってあまり意味のない力だとしても、それがジークハルトの役に立っているというのであれば、やはり持っていてよかったのだろう。

目で。

——そう思えるようになったのは、やっぱり陛下のおかげよね。

……気が付くと、リリーナがロイスリーネをじっと見つめていた。あの例の探るような目で。

——あー、まただわ。また見られている。私の顔に何かついているのかしら？

「あ、あの、リリーナ様？」

顔を引きつらせながら名前を呼ぶと、リリーナはハッとしたように口元を手で覆った。

「まぁ、申し訳ありません。つい、これは脈ありかと思ってしまいまして……。他意はないのです。ただ人間観察が趣味でして、癖のようなものです」

——人間観察が趣味？　癖？　どういうこと？

「それはそうと、例のセイラン王子たちの件、もし私にできることがあれば遠慮なく言ってくださいませ。協力は惜しみませんわ」

目をキラキラさせるリリーナに、ロイスリーネはただただ困惑するばかりだ。

「は、はぁ、ありがとうございます」

——一体、何がどうしてそんなに楽しそうなのでしょうか……。

やっぱりこの方は苦手だと、改めてロイスリーネは思うのだった。

始終リリーナに押されっぱなしだった夕食も終わり、入浴だの着替えだので時間を取られて、ロイスリーネが床につけたのはだいぶ遅くなってからだった。

恒例の女官長の「陛下は忙しくて来られないそうです」という伝言を受け取り、侍女たちとおやすみの挨拶をして、ようやくエマと二人きりになる。

「……はぁ、今日はなんだか色々あったわね。とっても疲れたわ」

ベッドの縁に座り、ロイスリーネは「はぁ」とため息をつく。ランプを手にエマがロイスリーネを労った。

「お疲れ様でした、リーネ様。あとは寝るだけですわ」

「寝る前に癒しが欲しいわ」

「癒しならそろそろ来るかと」

エマがそう言った直後、寝室の一角でかすかな物音が聞こえた。音がした姿見を見ると、ガラス板の部分が扉のように開き、そこから小さな影が飛び出してくる。

ロイスリーネは顔を綻ばせた。

「いらっしゃい、うーちゃん」

姿見から出てきたのは、灰色と青が混じったような色のうさぎだった。ロイスリーネの最愛のうさぎの「うーちゃん」だ。

おいでとばかりに手を広げると、うさぎはトコトコと走ってきて、ぴょーんとジャンプをするとロイスリーネの腕の中にぽすんと収まった。

そのまま愛するうさぎをロイスリーネは胸に抱きしめる。モフモフ。モフモフだ。

——ああ、癒される……！

耳と耳の間の柔らかな毛に唇を押しつけて、ロイスリーネは思いっきり息を吸う。なぜかこのうさぎは獣臭くなく、むしろお日様のいい匂いがするのだ。

——うーちゃん成分を吸い込んで、癒されなければ！

うさぎもお返しとばかりにロイスリーネの胸に顔をすりすりと擦りつける。くすぐったいが、とても可愛い。殺人的に可愛い。

「よかったですね、リーネ様」

断然元気になったロイスリーネの様子にエマはくすっと笑った。

「とても賢いうさぎですね。離宮ではなくて、ちゃんと本宮の部屋に来るんですから」

「そうなの。うーちゃんはとても賢いのよ。今日も間違えずにこっちに来られたもの」

うさぎの「うーちゃん」がロイスリーネの寝室に来るようになったのは、離宮に軟禁されていた時のことだ。秘密の通路を通って毎夜現われるうさぎを気に入り、一緒に寝るようになった。

――朝にはいつの間にか消えちゃうけど、夜には必ずまた会えるし。

ロイスリーネはうさぎを「うーちゃん」と名付けて溺愛した。

『陛下のことなんてもういいわ。私には一緒に寝てくれるうさぎがいるんだから』

強がりではなく半ば本気でそう思っていたのだが、思えば軟禁生活を耐えることができたのはうーちゃんのおかげだろう。

――うーちゃんのおかげで秘密の通路を見つけられたものね。そこから街に出るようになって、『緑葉亭』で働くことになって……。

すべてはうさぎのおかげだ。

後から分かったことなのだが、この「うーちゃん」はジークハルトのうさぎだったらしい。ミレイの住む離宮で飼われていて、夜になるたびに秘密の通路を通ってロイスリーネの寝室にやってきていたのだ。

本当の名前はジークと言い、ジークハルトと一部名前が被っている。だが、ロイスリーネはこの先も「うーちゃん」と呼ぶと決めている。

離宮を出て本宮に戻った時はもううさぎと一緒に寝ることはできないのかと落ち込んだりしたが、思っていた以上にうさぎは賢かった。次の夜からちゃんと本宮にあるロイスリーネの寝室に現われるようになったのだ。

「うーちゃんは可愛くて賢くて、世界一のうさぎだものね」

鼻先にちゅっとキスをすると、お返しとばかりにうさぎの口がロイスリーネの唇に触れてくる。夫のジークハルトとはキスもまだだが、うーちゃんとなら何度もしている。だってうさぎだもの！

存分にスリスリモフモフしてうさぎを堪能していると、天蓋付きベッドのカーテンを全部下げたエマが声をかけてきた。

「それでは私はそろそろ下がります。おやすみなさいませ、リーネ様」

「ありがとう、エマ。おやすみなさい」

ランプを手に、エマは寝室を静かに出ていった。

「さて、寝ようか、うーちゃん」

うさぎをベッドに下ろすと、定位置の枕の横にぴょんぴょんと移動して丸くなる。

——ああ、可愛い！

誘惑に負けてロイスリーネは手を伸ばし、柔らかな背中の毛を撫でるが、嫌がるそぶりはなかった。薄暗くてはっきり見えないが、気持ちよさそうにしているのではないかと思う。

「やっぱりうーちゃんがいると癒されるわ」

満足したロイスリーネもベッドに横になった。だがすんなり眠れるわけではない。

――リリーナ様はいつものことだから置いておくとして、やっぱりターレスの王子の問題は頭が痛いわね。みんなに迷惑をかけているし。

放置しておくとこの先もずっと迷惑ばかりかけられそうな予感がする。いや、確実にそうなるだろう。

「うーん、やっぱり一度くらいはしっかり会って話をしないとダメかしらね？　でも会話が通じるとは思えないんだけど」

思わず独り言を呟く。もちろん答える声はない。

しばらく頭を痛めて考えていたが、結局何も思い浮かばずに、ロイスリーネは諦めて眠りに入った。

すーすーと規則正しい吐息が流れ始める。

すると、ロイスリーネが眠ったのを待っていたかのように、うさぎがピンと耳を立てて起き上がった。

うさぎは気配を感じさせない動きでロイスリーネのすぐ近くまでやってくると、彼女の顔を覗き込み、鼻をスピスピさせた。まるで本当に眠っているか確認しているかのようだ。

やがて確証が持てたのか、うさぎはロイスリーネの首元に顎を乗せるとスリスリと擦りつけた。

うさぎ的にはマーキングの動作だ。ロイスリーネが起きていたら「うーちゃん、可愛い！」と喜んだに違いない。

ようやく満足したうさぎは、定位置の枕元に戻ると丸まった。そしてロイスリーネの静かな寝息を聞きながら目を閉じて、しばしの眠りの中に入っていった。

第三章　同伴はうさぎ(ペット)で

「おはよう、ロイスリーネ」

「おはようございます、王妃(おうひ)様」

「おはようございます、王妃様。それにエマ。今日も美人だね！」

いつも朝食を取っているダイニングルームに行くと、すでにジークハルトたちが待っていた。

「おはようございます、陛下(へいか)。カーティス宰相(さいしょう)、それにエイベル」

ロイスリーネはいつものように猫(ねこ)を被(かぶ)り「王妃の微笑(びしょう)」を浮(う)かべて挨拶(あいさつ)を返した。

ちなみに先の挨拶の順は説明するまでもなくジークハルト、カーティス、エイベルだ。

最後の人物に関しては、エマの冷たい視線が返され、声をかけた本人はものすごく喜んでいたことを記しておこう。

「先に食事をすませてしまいましょう」

「そうだな」

ートする。

カーティスの提案に頷くと、ジークハルトは手を伸ばしてロイスリーネを席までエスコ

朝食を共にする習慣は離宮から本宮に移り住んでも続いており、無言で食べるだけだった頃に比べるとジークハルトと会話をする内容も増えていた。昨日の出来事などを交えて互いに報告し合いながら朝食を終えると、さっそくカーティスは本題に入った。

「王妃様はもうご存じかもしれませんが、昨日セイラン王子が私のところに押しかけてきまして。正式に王妃様と会えるように手はずを整えろ、と厚顔無恥にも私に要請してきたわけです」

微笑みすら浮かべてカーティスは説明する。

——あー、これは……。

いつものようにカーティスはにこやかに笑っているけれど、これはだいぶ来ているな、とロイスリーネは思った。

宰相のカーティス・アルローネはジークハルトの遠い親戚の一人で、ジークハルトが幼い頃からお目付け役として傍にいる、いわば兄のような存在だ。ジークハルトの即位に合わせて宰相に就任し、それ以来、陰になり日向になりその治世を支えている。

まだ弱冠二十六歳という若さながら優秀で、ジークハルトが十六歳で王位についた後も混乱なく強国を維持できているのも、本人の王としての資質もさることながら、このカ

ーティスの助力あってのことだと聞いている。ジークハルトが「カイン」として外に出て自由に活動できているのも、カーティスが王宮をしっかりまとめてくれているからだ。

――まぁ、逆らえないわよね。陰の実力者だもの。

優美な容姿に、物腰も柔らかく、常に微笑を浮かべているカーティスは、一見優男と侮られることも多い。けれど、笑顔を浮かべたまま相手を辛辣に遣り込めるし、敵だと認識すれば完膚なきまでに叩き潰す苛烈さも持ち合わせている。

一筋縄ではいかない重鎮のタリス公爵ですら、カーティスには一目置いていて、衝突するのを避けていると聞くくらいだから、どれだけ恐れられているか分かろうというものだ。

だがそのカーティスですら、セイラン王子には相当手こずったのか、浮かべている笑顔には怒りが滲み出ている。目も笑っていないので、はっきり言って怖い。

「王妃様のことだけでなく、連れてきたあの娘……ララでしたっけ？　彼女のドレスを大至急用意するようにと要求してきました」

「はぁ？」「は？」

ロイスリーネとジークハルトの呆れたような声が重なった。

「そんな話は聞いてないぞ」

「報告していませんでしたからね」

　そう言ってカーティスは肩をすくめた。

「セイラン王子が無茶を言って急きょ同行となった彼女に、使節団は礼服を用意する時間がなく、その結果、あの娘はずっと着のみ着のままだったようです」

「ああ、だから謁見の時、庶民が着るようなワンピース姿だったのね」

「その通りです。ルベイラに到着して、一息ついたらそれが気になったのでしょうね。侍女長を呼びつけて、己が着る服を用意するように命令したのですよ。さすがの侍女長もそれで頭にきたらしく『今着ていらっしゃる服と同じようなものをご用意しました』と言って、下女たちが着ている服を届けさせたそうです」

「あら、まぁ」

　ちなみに掃除婦などの下女たちが着ている服は汚れが目立たないように灰色のワンピースだ。

　カーティスの笑みが深くなる。

「当然、気に入らなかったのでしょうね。金切り声がかなり遠くまで聞こえたそうですよ。でも彼らの衣服をこちらが用意する義理はありません。そもそもルベイラの王宮に来る前にどこかで購入すればよかったのです」

「そんなことを言って通じる相手じゃないんだろう。それで、今度はお前にドレスを用意しろと要求してきたわけか。図々しいにもほどがある」

ジークハルトの表情は動かなかったが、忌々しく思っているのが雰囲気で伝わってくる。

「はい。すっぱり断ってもよかったのですが、これからもしつこく要求してきそうだったので、『ドレスを用意してもいいが、その費用はターレスに請求する』とお伝えしました。このルベイラでドレス一着を作るために必要な金額を添えてね」

当然、ターレスよりもルベイラの方が物価も高く、ドレスもかなり高額になる。

「王子はその金額を見て青ざめるどころか白目を剝いていました。一応、まともな金銭感覚はあるようですね」

カーティスはくすくす笑った。きっとそうなるようにわざと金額を示してみせたのだろう。

「ご苦労だった、カーティス。これで服のことで無茶な要求はしてこないだろう」

「そう願いますがね。あそこまで話が通じない御仁は初めてでしたよ。でもそのうち話をする機会は持とうと思っていたので、セイラン王子の訪問は好都合でした。不思議に思っていたのですよ。セイラン王子とあのララという娘は、王妃様を本気で婚約者だと思っている。けれどその一方で、ルベイラの王妃であることもちゃんと分かっているんですよ。一体彼の中でその辺りの整合性はどうなっているのかと疑問に思っていたもので。昨日、少し話をしておぼろげながらだいたい摑めました」

「どうだったんだ？」

ジークハルトは身を乗り出す。ロイスリーネも興味津々だ。

「どうやらセイラン王子は、婚約者だった王妃様をルベイラ王が圧力をかけて横取りしたと思っているのです」

「は？」「はぁぁ？」

またしてもジークハルトとロイスリーネの声が重なる。カーティスの顔に皮肉気な笑みが浮かんだ。

「驚きですよね。ターレス国がロウワンに婚約を申し込む前から、すでに陛下と王妃様は婚約をしていた、と言っても信じない。先に婚約していたということ自体、大国の面子を守るためのでっちあげだとのたまっているのです」

ロイスリーネはあんぐりと口を開ける。ジークハルトも表情は変わっていないものの、きっと同じような気持ちだろう。

でっちあげなどではないことをロイスリーネが一番よく分かっている。三年前、突然大国ルベイラから縁談が舞い込み「どうして私に？」と仰天したことも覚えているし、直接会うことはなかったものの、ジークハルトとは手紙のやり取りもしていたのだから。

「セイラン王子は婚約者を圧力をかけて横取りしたのだから、この国は自分に貸しがある。償うべきだと考えているようです」

「……なるほど、だからあんなに態度がでかいのか」

ジークハルトは眉間を指で揉みほぐしながら呟いた。

「謁見の間で起こした騒動の後、この国からたいして咎められなかったことも、その思い込みを増長させたようですね。自分に対して後ろめたいからだと、確信を得てしまったようで……」

「チッ、やっぱりあの時すぐに殺っておけばよかった」

吐き捨てるように言った後、ジークハルトはふと何かに気づいたように眉間から指を離した。

「ちょっと待て。大国に横取りされたという認識があるのなら、未だにロイスリーネを婚約者だと思っているのはおかしくないか？　重婚などできないのだから、婚約は破棄されたか白紙に戻ったとみるのが普通だ」

「不可解なのはその点なんですよね。横取りされたという認識があるのに、セイラン王子はなぜか自分と王妃様との婚約は継続中だと思っている」

――いや、それ、思い込むにしてもかなり無理がありますよね⁉

「それにもう一つ、腑に落ちないことがあります。セイラン王子は謁見の間で自ら言っていたように、王妃様と婚約破棄したがっているのです。だったら婚約自体がなかったという事実は喜ぶべきことなのに、そうじゃない。婚約していると思い込んだ上で、婚約破棄したいと思っているわけです」

「……矛盾しているな、それは」

「ええ。でもその矛盾を自分では矛盾だと思っていない。いくらセイラン王子がぼんくらでバカでアホでも、ちょっと異常ですね。私はやはり何らかの精神的拘束を受けているのではないかという気がしています。それが魅了なのか洗脳なのか分かりませんが」

　ロイスリーネは口を挟んだ。

「でもライナスは魅了術にはかかっていないって言ってたわよね。薬物が使われている形跡もないと」

「はい。ライナスがそう断言しましたし、ターレスの魔法使いたちも同じような結論を出しています。だから魔法や薬物ではないのでしょう。原因は分かりませんが、何か別の……魔法や薬以外の方法が使われたのかもしれません」

「別の方法か……そんなのあるのか？」

　カーティスはため息をつきながら首を横に振った。

「分かりません。とにかく今は情報が足りなすぎます。ターレスに向かった『影』たちも、到着したばかりですぐに情報を得ることは難しいでしょう。セイラン王子にしても一度接しただけですからね。あのララという娘に関しても情報を引き出さないといけません」

「情報……」

ロイスリーネはしばし思案し、決意したように顔を上げた。

「あの、カーティス宰相。私、セイラン王子と話をしてみようと思います」

「ロイスリーネ？」

ジークハルトがわずかに目を見開き、ロイスリーネを見た。どうやら仰天しているらしい。青灰色の瞳に動揺が走っている。

「君がそんなことをする必要はない！」

「でも、私相手ならもっと違った情報をしゃべるかもしれません。何度も会わせろと言って突撃されるのも迷惑ですし、一度会って話をすればあちらも満足するかもしれない」

正直に言えば話の通じる相手だとは思えないが、このまま避け続けていても埒が明かない。

――すごーく嫌だけど！　ものすごく嫌だけど！

「ありがとうございます、王妃様」

にっこりとカーティスが笑った。

「そう言っていただけるととても助かります。実は王妃様に一度セイラン王子と面会してほしいとお願いするつもりだったのです」

「カーティス！」

ジークハルトが咎めるように声を張り上げる。カーティスはやれやれといったふうにジークハルトを見た。

「陛下。一度は会う必要があるということは分かっておられるでしょう？　一国の王妃が親善使節団としてやってきた他国の王子に一度も面会しなかったというのはまずいのです。王妃様の評判にも傷がつきます」

「それは……」

「一度だけ。一度だけでいいのです。そうすれば体面を保つことができますから」

「だが……」

なおもジークハルトが言い募ろうとしているのを見て、ロイスリーネは口を挟んだ。

「私なら大丈夫です、陛下。避けて通れないのであればさっさとすませた方が気が楽ですもの。心配してくださってありがとうございます。でも大丈夫ですよ」

言いながらじっとジークハルトを見つめていると、やがて根負けしたように彼は息を吐いた。

「……分かった。君がそれでいいのなら、私が止めるわけにはいかない。……本当に一度だけだからな」

答えたのはカーティスだ。

「もちろんですよ、陛下。それ以上は私も望みませんので。それでは王妃様。日程の調整がついたら、すぐにお知らせいたします」

「よろしくお願いするわね、カーティス宰相」

ロイスリーネは話は終わったと判断し、椅子（いす）から立ち上がった。

「それでは私は『緑葉亭（りょくようてい）』に行く準備があるので、お先に失礼しますね」

淑女の礼（カーテシー）を取ると、ロイスリーネはエマを伴（ともな）ってダイニングルームを後にした。

残されたジークハルトはカーティスに宣言するように告げた。

「面会の時は俺も付き添うからな」

だが、カーティスは一蹴（いっしゅう）する。

「それはだめです。おそらくセイラン王子は陛下の同席を嫌がるでしょうからね」

「はぁ？　なぜだ？」

「いやだなぁ、自覚ないの？　ジークってば」

壁際（かべぎわ）で話し合いが終わるのを待っていたエイベルが、ジークハルトの傍に来て笑いながら手をヒラヒラさせた。

「会うたびに威圧感（いあつかん）を出してセイラン王子をビビらせているじゃないか。絶対にセイラン王子はジークが同伴するなら行かないって言うと思うよ」

「エイベルの言う通りです。陛下は同席しない方がいい」

二人に言われてジークハルトはムッとしながらも言った。

「だったらカインの姿で行く。それなら問題ないだろう？」

「問題ありだって。知らない人間が王妃様の傍にいたら不自然だろう？　とにかく、ここはカーティスにまかせなよ。カーティスは付き添うんだよね？」

「当然です。ですからご安心を、陛下。必ず王妃様は守りますから」

カーティスはいつもの穏やかな笑みを浮かべる。だが、納得いかないジークハルトは口をきゅっと引き結んだ。

「……なら、ペットと同伴なら構わないだろう？」

ジークハルトの発言に、エイベルが顔を引きつらせた。

「え、ジーク、ペットってまさか……？」

「そのまさかだ。ちょうどライナスからも完成したという連絡をもらったからな」

「も、もしかして前に言っていた魔道具、本当にライナスに頼んだの？」

「もちろんだ」

ジークハルトは椅子から立ち上がりながら言った。

「次の公務までまだ余裕はあるな。今からライナスの研究室に行ってくる」

「あ、待ってよ、ジーク！」

スタスタと戸口に向かうジークハルトを二人は慌てて追いかけた。

ライナスの研究室は魔法使いの塔と呼ばれる、王宮の建物内にある。心話で連絡を受けていたライナスは、完成品の魔道具を手にジークハルトたちを迎えた。

例の瓶底眼鏡はかけておらず、今のライナスは魔法使いのローブを身に着けていなければ、まるでどこかの文官のようだ。

「こちらが完成品です、陛下」

ライナスが差し出したのは、小さな箱に入った赤いピアスだった。そのピアスはジークハルトが「カイン」になるために使用している魔道具と大きさも色もそっくり同じだ。

「違和感がないように『カイン』変身用のピアスと同じ形と色に仕上げておきました。反対側の耳につけてください」

ジークハルトは言われた通り、右の耳に赤いピアスを取り付けた。

「あとは『カイン』になる時と同じ要領で、ピアス型の魔道具に魔力を注いでください」

「分かった」

右耳のピアスに触れながらジークハルトは微量の魔力を指に込めた。すると、いきなりずんっと負荷が身体にかかり、ジークハルトにとっては馴染みの感覚が襲ってきた。

全身が震え、立っていられなくなる。思わず片膝をついたが、床についたはずの膝は形を失い、それどころかジークハルトという人間そのものの形も崩れていく。

バサッと音を立てて、ジークハルトが身に着けていた服が床に落ちた。そして、その残骸の中から、一匹の小さなうさぎがひょこっと顔を出した。

青灰色の毛並みを持つ、愛らしいうさぎ。ロイスリーネに「うーちゃん」と呼ばれて溺愛されているうさぎの姿がそこにあった。

実はうさぎのジークこと「うーちゃん」は、ジークハルトが呪いの影響で動物に変化した姿だったのだ。

ロイスリーネはジークハルトの言う「呪いで夜は動けない」というのをベッドで寝ていることだと思っているらしいが、本当は違う。

初代ルベイラ国王は亜人——動物と人間の両方の特徴を持つ特殊な種族——の血を引いていた。彼の子孫であるジークハルトも亜人の因子を持っており、夜の神の呪いに抵抗するべく防衛本能が働いた結果、夜になるたびうさぎの姿になってしまうのだ。

最初は命を狙われていたロイスリーネが心配で、この姿ならばと様子を見に行っていたのだが、彼女に見つかって以来、一緒に寝るようになった。ジークハルトにとっては痛しかゆしだ。

——本当は人間の姿で堂々とロイスリーネを愛したい。けれど、自分がうさぎの「うーちゃん」だということだけは絶対に知られたくない。——色んな意味で。

もうロイスリーネに危険はないから、会いに行かなければバレないですむのだが、ジークハルトとしてはどうしても彼女と触れ合える時間を失いたくなかった。

ターレス国の王子のこともある。ロイスリーネを守らなければならないという思いも強い。それに別の問題もあった。

偽りとはわかっていてもロイスリーネの「婚約者」を名乗る男が現われたからだろう。彼女は自分の妻、自分のものだと主張せずにはいられなかった。そのせいで眠った彼女にこっそりマーキングなどしているのだ。

──うさぎの姿のせいだろうか。所有欲が抑えられない……。

別にうさぎの姿になっているせいではないのだが、初恋と保護欲を拗らせているジークハルトにその感情は判別できなかった。

「よしよし、問題ないですね」

うさぎの姿を見てライナスが満足そうに頷いた。

「ひえー、昼間なのに本当に陛下がうさぎになってる！」

エイベルはうさぎをひょいっと摘み上げて、驚いたように見つめる。うさぎは空に浮いた足をバタバタさせていたが、エイベルに放す気がないのを悟ると、目を半眼にして睨みつけた。

「まったく。あれだけうさぎになるのを嫌がっていたくせに、魔道具を使って自らうさぎの姿になるとは、呆れるというか、感心するというか」

カーティスがやれやれと言いたげな口調で、皆の気持ちを代弁した。

そう、ジークハルトがライナスに依頼した魔道具とは、昼間でもうさぎの姿になれるようにするものだったのだ。

なんでそんなものをジークハルトが欲したかといえば、うさぎの「うーちゃん」に会えるのは夜限定だということにロイスリーネに不審感を抱かれた時のためだった。

夜は動けないジークハルト＝夜だけ現われるうさぎ、という図式にもし気づかれたら、正体がバレかねない。だが国王ジークハルトが王宮のどこかで働いている昼間にうさぎがロイスリーネの前に現われたら、一発で疑惑を払拭することができる。

ジークハルトはロイスリーネに「うーちゃん」が自分だと絶対にバレないようにするためには、何でもやるつもりでいた。たとえ昼間からうさぎに変身する羽目になろうとも。

それに、それが今回は意外なところで役に立つかもしれないのだ。

「それにしてもライナス。よくうさぎにする魔道具など作れましたね」

エイベルの手にぶら下げられているうさぎを見ながら感心するようにカーティスが言うと、王宮付き魔法使いのトップにいるライナスは鷹揚に頷いた。

「原理は分かっていたので、それを転用することは難しくありませんでした。陛下がうさぎの姿になってしまうのは、もっとも呪いが活発化する夜間に自分の身を守るために先祖返りを起こすからです。いわゆる防衛本能ですね。ならば、昼間にうさぎになるためには、呪いを活発化させればいいわけです」

ピアスに魔力を流し込むと一時的にジークハルトにかかる呪いが増大する。それを利用してうさぎの姿に転身させたのだ。

「でもそれだと、陛下の身体の負担になりはしませんか？」

カーティスが懸念を示すと、ライナスもそれを認めた。

「負担にはなるでしょう。ですから、あまり長時間うさぎになっているのはお勧めしません。なるべく早く切り上げて人間に戻ってください」

「ねえ、ところでどうやったらうさぎから人間に戻れるの？　うさぎの時、ジークのピアスは耳の毛に隠れてしまうし、うさぎの手じゃピアスに触れられないんじゃ？」

うさぎをぶら下げたまま、エイベルがもっともなことを言った。だが、ライナスはそう言われることを予想していたらしく、ふっと笑った。

「もちろん、天才である私に抜かりはありません。陛下、右耳のピアスを意識しながら、人間に戻るよう念じてください。それで戻れます」

エイベルが服の真ん中にうさぎを下ろす。一度だけじろりとエイベルを睨みつけたうさぎだったが、次の瞬間、その身体がぶるぶると震えだした。

青灰色の毛が消え、うさぎの輪郭がぶれていく。気づけば服の上には、全裸の男性の姿があった。うさぎから無事に人間の姿に戻れたのだ。だが——。

「あれ？　ジークじゃなくて、カインになってるよ？」

そう。服の上にいたのは銀髪に青灰色の瞳を持つ国王ジークハルトではなく、黒髪に水色の目をした「カイン」だった。

「あれ？　本当だ」

ジークハルトは自分の前髪を摑んで黒髪であることを確認すると、問いかけるようにライナスを見た。ライナスは満面の笑みを浮かべる。

「よし、ちゃんと作用しますね。うさぎから人間に戻る時には一度カインになるように設定したんですよ。万が一誰かに見られてもうさぎが陛下と結びつかないように。カインから戻る時にはいつものように左耳のピアスに魔力を流して戻るように念じるか、もしくはピアスを外してください。そうすれば陛下のお姿に戻ります」

　ライナスの言う通りにすると、カインからジークハルトの姿に変化した。

「これはすごいな。さすがライナスだ」

　服を着ながらジークハルトがライナスを称える。ライナスはその称賛を当たり前のように受け止めると、貴族顔負けの美しい所作で一礼した。

「どういたしまして。自分でも己の天才ぶりが恐ろしくなりますね」

「……問題は服のことだな。まぁ、服があるところにうさぎの姿で戻ってくれればいいんだが……」

上着のボタンをはめながらブツブツとジークハルトは呟く。

うさぎから人間に戻る時に一番頭を悩ませるのが服の問題だ。うさぎになる時に服は置き去りになるし、人間に戻る時は全裸になっているので、服のあるところへ帰らないと不都合なことになってしまう。

「それでしたらご心配なく。実はうさぎに転身する方のピアスには、一着分だけ服を格納してあるんです。根本的な解決にはなりませんが、いつうさぎから人間に戻っても、なんとか体裁を整えることができるかと」

「え？　服を格納？　すごいじゃないか、ライナス！　自称天才かと思っていたけど、本当に天才だったんだね」

エイベルが褒めているのか貶しているのかよく分からない称賛を送る。すると、ライナスは眉を上げて抗議した。

「自称じゃありません。自他ともに認める天才と言っていただきたい！　ああ、陛下、服はうさぎになる方のピアスに念じれば出てきます。服の格納にはちょっとコツがいりますが、陛下の魔力であれば問題なく習得できるかと」

「こ、こうか？」

ジークハルトは右耳のピアスに触れて、服よ出ろと念じる。すると、ピアスから急に何かが飛び出してきて床に落ちた。

よくよく見てみると、それは「カイン」の時にいつも着ているような軍服だった。

「陛下の服を実験台にするのは申し訳なかったので、軍服で試しました。もちろん、陛下の服も格納することができますよ」

「いや、軍服で構わない」

むしろ一度カインになるのであれば、軍服の方が都合がいいだろう。

「いやぁ、実は陛下をうさぎに変身させる魔法は簡単に設定できたんですが、服の方が手こずりましてね。本当は亜空間を開いて色々なものを収納できたらいいんですが、その魔法はまだ研究中でして。代用として服を魔法で小さくし、さらに圧縮させて石の中に格納させたわけです。一着分しか入れられないのが玉に瑕ですが、将来はもっと多くの服を格納できるように研究を――」

ライナスがペラペラと原理を説明しているが、ジークハルトはほとんど聞いていなかった。

彼が考えていたのはロイスリーネのことだ。

――これで、セイラン王子との面会に同伴することができる。

たとえうさぎ姿であろうとも必ずロイスリーネは自分が守る、と強く胸に誓った。

ロイスリーネとセイラン王子の面会は速やかに整えられた。

会うことを決めた日から二日後、ロイスリーネはエマと護衛の兵を連れて本宮にある応接室に向かう。

「はぁ、まさかセイラン王子の他にあのララって子まで来るなんてね。同伴するならトレイス侯爵が来てくれた方がよかったのに」

廊下を歩きながらロイスリーネは憂鬱そうに呟く。

面会には誰が同席するかで色々揉めたらしい、と教えてくれたのはエイベルだ。

ジークハルトが同席する案も出たが、それはセイラン王子が拒否したようだった。反対にこちらはトレイス侯爵を指定したのだが、肝心の王子がララを連れていくと言って聞かなかった。

『僕がいない間にララに何をされるか分かったものじゃない！』とのことだ。

――誰も何もしないわよ！　お花畑王子の妄想以外ではね！

結局、セイラン王子とララ、それにロイスリーネとカーティスが参加することで決着したのである。

「リーネ様、元気を出してください。今日さえ我慢すればあとは解放されますとも」

エマが慰める。

「解放……されるかなぁ……？」

ロイスリーネは懐疑的だ。親善使節団が帰国するまで続く予感がしている。

——でもこれで義理は立つから、あとは面会しろと言われても断ればいいだけ。よし、頑張るぞ！

気合を入れて巨大な猫を召喚し、微笑を貼りつける。

だが、応接室に到着してみれば、まだ誰も来ていなかった。王妃であるロイスリーネの身分が一番高いので、普通は最後に登場する。それを見越してゆっくり足を運んだのだが、まだ誰も来ていないとは。

「宰相が遅れるなんて珍しいわね。何かあったのかしら？」

怪訝に思いながらも上座にあるソファに腰を下ろすと、間を置かず宰相がやってきた。手に何かをぶら下げて。

「……ああ、先方はまだ来ていないのですね。遅くなって申し訳ありません、王妃様。これを取りに行っていて少し遅くなりました」

宰相の言うこれを見た瞬間、ロイスリーネは思わず立ち上がっていた。

「うーちゃん⁉」

そう、カーティスが手にぶら下げていたのは、青灰色のうさぎだったのだ。うさぎは数多くいれどもロイスリーネが間違えるはずはない。カーティスが連れているのは、間違いなくロイスリーネの「うーちゃん」だった。

首根っこを摑まれたうさぎはなんだか不機嫌そうに大人しくぶら下げられていたが、ロイスリーネを見たとたん、手足をバタバタと動かし始めた。

カーティスはロイスリーネの横まで歩いてくると、その手の中にうさぎを下ろす。

「うーちゃん、うーちゃんだ」

青灰色の毛、つぶらな黒い瞳。全身から滲み出る愛らしさ。

――うーちゃんにこんなところで会えるなんて嬉しい……！

胸に抱きしめてすりすりと柔らかい毛に頰を寄せれば、うさぎもロイスリーネの胸に顔を擦りつけた。それをカーティスが呆れたように見ていたのだが、ロイスリーネはうーちゃんに夢中で気づかない。

「昼間にうーちゃんと会うのは初めてね。夜のうーちゃんも可愛いけど、昼のうーちゃんも可愛いわ。こうしてお日様のもとで見ると、本当に綺麗な毛並みをしているのねぇ」

ロイスリーネはソファに座り直し、膝の上にうさぎを下ろして撫でまわす。うさぎは気持ちよさそうに目を細めた。

「でもどうして？　どうしてうーちゃんが？」

「陛下が自分の代わりに連れていけと仰いまして。王妃様もうさぎの陛下が傍にいれば心強いでしょう？」

「そうね！　あとで陛下にお礼を言わないと。うーちゃん、しばらく付き合ってね」

膝の上で丸まった背中を撫でまわしていると、急にうさぎが何かに気づいたように耳をヒョコヒョコと動かす。少し遅れて廊下から騒がしい音が聞こえてきた。どうやら、ようやく二人がやってきたらしい。

――面倒だけど、うーちゃんも見ていてくれるから、やるか！

臨戦態勢に入るロイスリーネを余所に、うさぎは後ろ足で立ち上がるとそのままこてんと後ろに倒れ、背中を預けてきた。

――これは、縦抱っこをしろということよね？

ロイスリーネはうさぎのお尻が安定するようにお腹のところを軽く抱きかかえた。うさぎの温かさとモフモフの毛が手から伝わってくる。至福の時間だ。が、すぐに扉がバーンと乱暴に開かれ、その幸せは破られる。

「来てやったぞ」

――いや、第一声がそれ!?

早くもロイスリーネは匙を投げ出しかけた。

セイラン王子は隣にぴったりとピンク髪の少女――ララを張りつかせたまま部屋に入っ

てくる。礼儀も何もあったものではない。いくらロイスリーネのことでルベイラに貸しがあると思い込んでいるのだとしてもこれはダメだ。

ちなみにララは謁見の時に着ていたのとは別のワンピースを身に着けている。ドレスをよこせという言葉を無視して放置していたのだが、さすがに気の毒に思った親善使節団の誰かが、街に下りて買ってきたらしい。

もちろん、ドレスなど買う資金はないから、一般市民が着ているような服ばかりだ。

「ん？」

応接室に入ってきたセイランは、まずロイスリーネの顔を見、それから隣に座るカーティスを見てから、再びロイスリーネに視線を戻し——膝の上にいるモノにようやく気づいた。

「な、なんだそれは！」

「何ってうさぎですわ。とても可愛いでしょう？」

さらりとロイスリーネは答える。

「可愛いって……」

うさぎに関しては目が曇っているロイスリーネは気づいていない。セイランの目にはロイスリーネの膝の上でふんぞり返り、ドヤ顔でこちらを眺めている愛らしさの欠片もない生き物に見えていることを。

うさぎは偉そうで、しかもふてぶてしかった。ただ、残念なことに肝心のロイスリーネは後ろ向きに抱っこをしていて、表情が見えない位置にある。

「このうさぎは陛下の飼っていらっしゃるうさぎです。王妃様にもとても懐いているので、こうして傍から離れたがらないのです。気になるかもしれませんが、たかがペットです。いても構いませんよね？」

カーティスが微笑みながら説明する。もちろん彼はうさぎの態度に気づいているが、そんなことはおくびにも出さなかった。

セイランはペットのことを問題にするのは大人げないと思ったのか、頷いた。

「わ、分かった。たかがペットだ。僕は別に構わないぞ」

「そうですか、ありがとうございます」

にっこりとカーティスは笑う。たおやかな美人（男だが）に笑顔を向けられ、二人は一瞬虚をつかれた。が、すぐに我に返って叫んだ。

「今日こそ言うぞ！　ロイスリーネ・エラ・ロウワン！　貴様は取り巻きたちに命じて学園でここにいるララに嫌がらせを繰り返したあげく、階段から突き落としてけがまでさせた！　そのような愚かな行いをする者はこのターレス国第三王子セイランの婚約者として相応しくない！　婚約を破棄させてもらう！　そして僕の新しい婚約者としてここにいるフォーリック男爵家令嬢ララを迎える！」

セイランが声を張り上げると、ララが彼に寄り添いながらロイスリーネに言う。

「ロイスリーネ様。私、とっても怖い思いをしたんですよ？　廊下を歩けば足を引っかけられたり、ノートや教科書をボロボロにされたり、パーティーでワインを引っかけられたりもしました。どれもこれもみんなあなたが命令してやらせたことですよね？　でも私はロイスリーネ様を恨んではおりません。謝ってくれれば許してあげます」

ロイスリーネとカーティスは無言で彼らの口上を聞いていた。

——それって謁見の間で言っていたのとほぼ同じよね？

ほぼ同じというか、そっくり同じだ。ロイスリーネの記憶が確かなら、一言一句違わない台詞だ。

——次はララの慈悲深さを称えて、そしてそれに比べて貴様ときたら……と続くのよね。

予想に違わず、セイランは言った。

「おお、ララ。君はなんて慈悲深いんだ……！　それに比べてロイスリーネ、貴様ときたら心優しいララを傷つけてばかり。この報いは絶対に受けさせるからな！」

無言でロイスリーネはカーティスと顔を見合わせた。

「おい、さっきから黙っていないで、なんとか言ったらどうだ！」

この台詞も同じだ。

——台詞。そう、まるで台詞みたいなんだわ。

どういうことなのかと首をひねりながらも、ロイスリーネは口を開いた。ただし、口から出てきたのは謁見の時とは異なる言葉だ。

「よろしいですよ」

「……は？」

「婚約破棄したいのでしょう？　私は構いませんわ。どうぞ、遠慮なく」

「え。え？」

二人は鳩が豆鉄砲を食らったかのような顔をした。よほどロイスリーネの言葉が意外だったのだろう。

——もしかして二人の中では、私が婚約破棄に応じないという設定なのかしら？

「お二人はご自由に婚約なさるといいわ。国王夫妻やご家族、それに臣下たちが許すのであれば」

ララは男爵家の養女だ。第三王子とはいえ、王族と結婚するには身分が足りない。ターレス側はロイスリーネがセイランと婚約などしていないことを把握しているのだし、ララが王族に相応しいと思うのであれば、とっくにこの二人の婚約は成立しているはずだ。

そうじゃないということは、ターレス国王夫妻がララのことをどう考えているのかは推して知るべしだ。

「なんだその嫌味な言い方は！　貴様が私とララの結婚を邪魔しているからじゃない

か！」

「邪魔など一切しておりませんわ。だって、私とあなたは婚約したことなど一度もありませんもの」

「嘘を言うな！　ルベイラ国王に乗り換えたのをごまかそうとしても無駄だぞ！」

「そうです。ひどいわ、ロイスリーネ様！　セイラン殿下を裏切ったくせに、私と殿下が結ばれるのを邪魔するなんて！」

　ロイスリーネはいい加減話が通じないことにイライラしてきていた。そろそろこちらから攻撃してもいいのではないだろうか。

　カーティスを窺うと、彼はどうぞとばかりに頷いた。

「お言葉ですが、私がいつ邪魔をしまして？　ターレス国に一度も行ったことがないのに」

　じっとララを見つめながら尋ねると、彼女は怯えたようにセイランに抱きつきながら言った。

「取り巻きを使って私に嫌がらせしたじゃないですか！　私を一人呼び出して大勢で囲んで『色目を使うな』とか『婚約者がいる相手に近づくな』とか言わせたんでしょう!?」

「バカバカしい。私は八ヶ月前にルベイラに嫁いでくるまでロウワンを一歩も出たことがありません。それでどうやって遠いターレス国で取り巻きなど作れるのですか？　国内にいもしない小国の第二王女の取り巻きをやることに何の利点もないでしょう？」

説明することすらバカバカしくなる論理だ。

「それは、ルベイラの王妃として……」

「私は八ヶ月前にルベイラに嫁いだばかりです。それにその八ヶ月のうち半年間は命を狙われていたこともあり、顔を合わせる人間も厳しく制限されておりました。ルベイラ国内の貴族ですら満足に会えなかったというのに、どうして他国の、それも見知らぬ貴族の令嬢を取り巻きにできるのでしょう？　よく考えることね。そしてセイラン殿下」

ロイスリーネは、今度はセイランに視線を向けた。

「な、なんだ」

「あなたは私と婚約していたと言いましたが、その婚約期間に私たちの間に交流はありましたかしら？　少なくとも私はあなたから手紙一つもらった覚えはありませんし、私から手紙を出したこともありません。婚約者であれば、普通は交流を持ちます。現に私と陛下は三年前に婚約を交わして以来、手紙のやり取りをしてきました。婚約したのであればそれが普通なのです。答えてください、セイラン殿下。婚約者だというあなたは私とまったく交流していませんよね？　それでどうして婚約していたなどと言えるのです？」

「そ、それは……」

セイランの緑色の目が泳ぐ。

「た、確かに交流はなかったが……。だが皆が貴様が私の婚約者だと言っているんだ！　婚約者でなければそんなことを言うわけないだろう⁉」

「皆というのは誰です？」

今まで黙っていたカーティスが鋭い口調で尋ねた。

「み、皆とは皆だ！　僕の周囲にいる友人たちとか……」

とたんにセイランはしどろもどろになる。

――友人って側近のことよね？　それってお花畑王子が私を婚約者だと言ったから、周囲の取り巻きたちが同調しただけなのでは？

「具体的には誰です？　誰と誰が『セイラン殿下の婚約者はロイスリーネ様だ』と言ったんです？　殿下はどうしてそれを信じたのですか？　そして誰が……最初にそんなことを言い出したのです？」

どうやらカーティスはそこに核心があると思っているようだ。

思い出そうとしているのか、セイランは眉を寄せて考えている。

「誰が……誰だったか？　私に言ったのは……。確か……肖像画を見せて、これがあなたの婚約者ですねと言った……者が……」

――肖像画？　私の肖像画を見せた誰かがいるということ？

「それは誰だったのです？」

カーティスが身を乗り出す。けれど、突然金切り声がセイランの思考を断ち切った。

「そんなの誰だっていいじゃないの！　しっかりして殿下！　騙されちゃダメ！　婚約破棄していいだなんて絶対に嘘よ！　悪役令嬢の言うことなんて信じちゃいけないわ！」

「悪役令嬢？」

聞き慣れない単語が飛び出してきてロイスリーネは目を丸くする。

一方、セイランはララの言葉で、芽生えかけた自分の記憶と思考への疑惑が霧散してしまったようだ。

「そ、そうだな。ありがとう、騙されるところだったぞ！　愛しのララよ！　君のおかげで惑わされずにすんだ」

「ああ、よかったわ、殿下。悪役令嬢は言葉巧みに周囲の人を騙すのよ。こんな人の言うことを信じちゃダメ！　殿下の傍にいる私やトール君を信じてちょうだい！」

「そうだな、こんな奴の言うことに惑わされるなんて僕らしくないな！」

二人は勝手に盛り上がっている。まるで試練を乗り越えてさらに固い絆で結ばれたかのように。

――ああ、もう、振り出しに戻ってしまったじゃないの！

ロイスリーネは頭を抱えたくなった。もうこれでセイランがロイスリーネの言葉を信じることはないだろう。

硬く抱き合ったセイランとララはロイスリーネを振り返る。

「今日はここまでにしておいてやる！　だが、このままではすまさないからな！」

「そうよ。大国の王妃だからって、私たちが引き下がると思ったら大間違いなんだからね！」

「お帰りですか？」

あくまで冷静なカーティスは静かに尋ねる。

「ああ、そうだ！」

「そうですか、ではこれまでですね」

カーティスの言葉は今後二度とロイスリーネと会わせることはないという意味を含んでいた。が、もちろん、この二人がそんな微妙なニュアンスに気づくはずもない。

「では帰る。行くぞララ」

「はい、殿下」

二人がロイスリーネに背を向けたその時だった。

ずっとロイスリーネの膝の上で大人しくしていたうさぎが、突然ジャンプをする。

……いや、それはジャンプと言うにはあまりにも鋭い跳躍だった。まるで矢のように一直線にセイランに向かって飛んだうさぎは、その背中に後ろ足で強烈なキックをした。

「うおっ！」

うさぎの身体は小さいのに、まるで大きな何かにぶつかったかのように前のめりに吹き飛ばされていくセイラン。一方うさぎはセイランの背中を蹴った反動でポーンと放物線を描いて飛ばされ——ロイスリーネの膝にシュタッと着地した。と同時に蹴られてバランスを失ったセイランが扉に激突する。

「……ふむ。後ろ足を魔法で強化しての強力な一撃。さすがですね」

「きゃああ！　何すんのよ！」

カーティスがボソッと呟いたものの、その声はララの悲鳴に掻き消され、ロイスリーネの耳には届かなかった。

ララがキッと後ろを振り返る。ロイスリーネたちに何かされたと思ったのだろう。けれど、ロイスリーネもカーティスもソファに座ったままだ。うさぎもロイスリーネの膝の上にいる。

「何もないところで転ぶなんて。足を何かに引っかけでもしたのでしょうか？　いずれにしろ、医者を呼ぶ必要がありますね」

カーティスがしれっと言った。

腑に落ちない顔をしていたが、ララはまず顔をしこたま打ち付けて卒倒したらしいセイランをどうにかする方が先だと思ったのだろう。

「医者！　医者を呼んで！」

「すぐに来ますよ」

　バタバタと足音がして人がやってくる。待機している護衛兵たちが騒ぎを聞いて駆けつけてきたのだろう。

　担架で運ばれていくセイランと、彼に付き添うララを見送りながらロイスリーネはドヤ顔をしているうさぎを腕に抱いて撫でていた。

「もう、うーちゃんったら。危ないでしょう？　でもありがとう。スッとしたわ」

「お疲れ様でした。王妃様。うさぎを連れてきた甲斐がありましたね」

　カーティスが隣に来て言った。

「そうね」

　セイランには悪いが、思い出すだけで笑いがこみあげてくる。

　──本当に、うーちゃんは最高だわ！

　耳と耳の間にキスを落とすと、うさぎは照れたようにロイスリーネの手をぐいぐいと頭で押した。もっと撫でろという合図だと受け取ったロイスリーネはさらにモフった。

「ひとまず、面会したのだから義理は果たしたということよね？　もう会わなくていいのよね？」

「はい。もちろんです。これ以降会う必要はありません」

「よかったわ」

言いながら、ロイスリーネは二人との会話を思い返していた。

――芝居（しばい）みたいだと思ったけれど、もしかしたら本当にそうなのかもしれない。

「ねぇ、カーティス宰相。なんとなく二人の言葉って、舞台（ぶたい）の台詞みたいに聞こえなかった？」

「はい。聞こえました。つまり、その脚本（きゃくほん）を書いた人物がいるということです。肖像画というのも気になりますね。誰かが意図的にセイラン王子に王妃様が婚約者だと思い込ませようとした、そんな感じを受けます」

どうやらカーティスもロイスリーネと同じように感じたようだ。

――一体誰がどういう目的で……？

分からないが、なんとなく不気味に思えてロイスリーネは温かいうさぎの身体をぎゅっと抱きしめた。

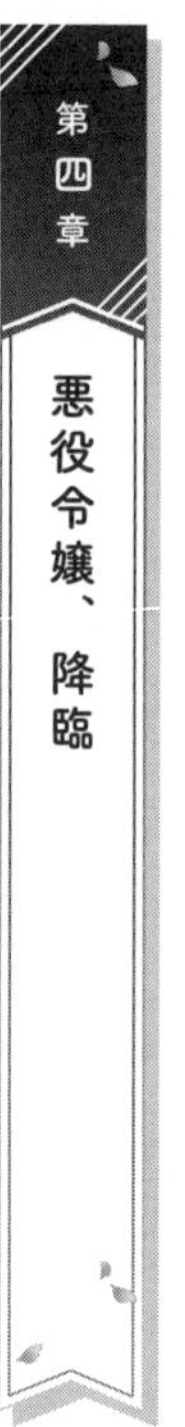

セイラン王子とララとの面会の日から五日が経った。

ロイスリーネとしてはあれで打ち止めにしたかったのだが、それであの二人が満足するわけもなく、今日も元気に突撃しに来ている。

「王妃様はお会いになりません！　帰ってください！」

「会わせろ！　ここにいるのは分かってるんだぞ」

「そうです。今の時間は公務がないことも知っているんですからね！　どうして無視するんです？　ひどいです！　ちゃんと謝罪してください！」

扉の向こうから聞こえてくる喧騒にロイスリーネはげんなりした。きっと彼らを押しとどめている警備兵もうんざりしているだろう。

このやり取りは彼らが諦めるか、もしくは連絡を受けたトレイス侯爵が慌てて二人を回収しにやってくるまで続く。

――あの二人が暇だというのも、突撃してくる要因ではあるわよね。

普通、親善使節団といえば、国の重要人物と会談をしたり公共事業を見学したりと、色々やることがあるはずだ。けれど、使節団の代表がトレイス侯爵になっていることから分かる通り、あの王子にそんなまともな公務ができるはずもなく……結果、彼らはロイスリーネの元へ頻繁に押しかけることしかできないのだ。

それ以外に彼らが何をしているのかといえば、視察と称して街に下りては王都見物を楽しみ、買い物にいそしんでいたりする。

――これが問題なのよね、また。

彼ら二人だけではまずいので、親善使節団の誰かが仕事の予定を変更して毎回付き添っているらしい。ルベイラ側も一応賓客なので身の安全を守るために少なくない数の護衛兵を付けなければならない。

本人たちはとても楽しんでいるらしいが、周りにとってはえらく迷惑なのだ。

最近の彼らのお気に入りは『緑葉亭』のある王都の東側の繁華街。なんでもララ好みの洋服店――いわゆる平民用のオシャレな店がたくさんあるからなのだそうだ。

――織物工場が近くにあるから東側には洋服店が多いのよね。分かるわ。だって「リーネ」の服や靴も東側の店で取り揃えているもの。

だが、まさか元平民とはいえ、男爵家の養女のララが好んで買いに訪れるとは……平民の服が不満で、周囲に当たり散らしているという話は一体どうなったのだろうか？

いや、それよりも問題なのは、二人が東側の繁華街を連日訪れるということだ。あの二人が下町の食堂である『緑葉亭』に姿を現わすとは思えないが、万が一バッタリ遭遇でもしたら大事だ。その危険性もあって、ここのところ『緑葉亭』に行くのを禁止されてしまい、ロイスリーネのストレスは溜まる一方だった。

――これじゃ私は王宮を離れられないじゃないの！

彼らが帰国するまでの辛抱だ、と思っても、店に行けないことも自由に動けないこともロイスリーネには不満だった。

「王妃様にはご迷惑をおかけしてばかりで申し訳ございません！」

今日もようやく諦めて離れていった二人と入れ替えに、トレイス侯爵が謝罪に訪れた。あの二人と面会する気はないロイスリーネだが、トレイス侯爵なら話は別だ。

――気の毒な方なのよね。セイラン王子の家庭教師を務めていたというだけで、お目付け役という名の親善使節団の代表を押しつけられて。

ルベイラに来てからは、セイラン王子とララのせいで謝罪に明け暮れているという話だ。ロイスリーネは心の底から同情してしまう。

「あなたのせいではないのですから、顔を上げてくださいな、トレイス侯爵」

「ありがとうございます、王妃様。本当にセイラン殿下は……はぁ……」

疲れた表情でため息を漏らすトレイス侯爵は、聞くところによるとまだ三十九歳だという。歳のわりには少し老けて見えるが、きっとこれは心労のせいに違いない。

外見は見るからに温厚で人のよさそうな中年の男性、といった感じだ。だからこそ家庭教師やお目付け役やらを体よく押しつけられたのだろう。

「あんな聞き分けのない方ではなかったのですが……。確かにわがままで勉強嫌いで、お世辞にも賢いとは言えませんでしたが、根はとても素直な方だったのです。それがなぜあんなふうになってしまったのか……」

「そのセイラン殿下のことであなたに聞きたいことがあったのです、トレイス侯爵」

ロイスリーネが声をかけると、トレイス侯爵は目を何度も瞬く。

「私に聞きたいこと、でございますか？」

「ええ。きっと宰相たちからも聞かれていると思うけれど、セイラン殿下の言動がおかしくなった時のことを詳しく教えてほしいの」

突然おかしくなったというが、それまで兆候はなかったのか、当時ララ以外の不審な人物がセイラン王子に近づいていなかったかなど、何か手掛かりになるようなことはないかと思ったのだ。

だがトレイス侯爵の答えは、ロイスリーネにとって意外なものだった。

「申し訳ありません。ちょうどその頃私は領地に戻っておりまして、殿下に付き添っていたのは私の執事のジェイドだったのです」

「ジェイド？」

知らない名前が出てきて、ロイスリーネは面食らった。

「はい。ジェイドは一応執事ということになっておりますが、私が領地に作った学校で教師も兼任しています」

トレイス侯爵曰く、セイラン王子の家庭教師を命じられ、彼が学園に入学してからも引き続き面倒を見ていたが、さりとて領地のことも放置できず、一定の間隔で王都と領地を行ったり来たりしていたらしい。

「私が領地に行っている間はジェイドが王都に滞在し、殿下たちの家庭教師兼お目付け役をしておりました」

突然セイランの言動がおかしくなった半年前も、トレイス侯爵は己の領地にいた。

「ジェイドから焦った様子の連絡が来まして。セイラン王子がおかしい、ロウワン国の王女ロイスリーネ様を自分の婚約者だと思い込んでいる。その上、ララという少女と結婚したいから婚約破棄すると言っている。もともと婚約などしていないと指摘しても信じない。どうすればいいのか、と。私はびっくりして急ぎ王都に戻りました」

けれどもうその時にはセイラン王子もララもあの調子で、その言動は学園のみならず宮廷内でも問題になっていた。

「私が思うに、殿下の言動がおかしくなったのはララという少女と知り合ってからです。

当然、魅了術や洗脳が疑われましたが、筆頭魔法使いケイン・ドノバンはララに魔力はないと断言し、殿下の身体から薬物も検出されませんでした。両陛下をはじめ、どうしたらいいのか分からず、誰もが途方に暮れました」

「魔力がないと判断されたとはいえ、ララをセイラン王子から引き離すことはしなかったのですか？」

ロイスリーネはかねてから疑問だったのだ。いくら魔法の痕跡がないからといって、平民出身の男爵家の養女を王子に近づけたまま、なぜ放置しているのだろうかと。

――いい影響を与えていないのは確かなのだから、二人を引き離せばいいのに。

トレイス侯爵は首を横に振って答えた。

「もちろん、両陛下はそうしようとなさいました。けれど、引き離そうとすると、セイラン王子がまるで人が変わったように暴れ出すのです。反面、ララが傍にいると安定するらしく、やむをえずといった状態でして……」

そこでトレイス侯爵はいきなりソファから立ち上がり、床に足と手をついて頭を下げ始めた。

「王妃様にはご不興を買う行為の数々、誠に申し訳ございません！　さぞご不快のことと存じます。ですが、どうかセイラン殿下を見捨てないでほしいのです！」

「ちょ、ちょっとトレイス侯爵！　顔を上げてください！」

ロイスリーネは大いに慌てた。

――土下座されても困るんですってば！

「このまま何も原因が分からずターレスに戻れば、殿下に待っているのは王位継承権の剥奪と、生涯にわたっての幽閉です。それはあまりにも忍びなく……！」

「ですから！　顔を上げてください、トレイス侯爵！」

ついついロイスリーネの声も大きくなる。

「見捨てることはしません。まだ何も分かっておりませんもの。各国で問題になっているクロイツ派の仕業ならなおのこと、できる限りのことはしますわ」

「ああ、王妃様。ありがとうございます。そのお言葉だけで救われる思いです」

ようやくトレイス侯爵が顔を上げる。その水色の目は涙で潤んでいた。

その後も何度もお礼を言うトレイス侯爵がようやく退出すると、どっと疲れが出た。

「お疲れ様でした。リーネ様。お茶をどうぞ」

ソファの背もたれに背中を預けてぐったりとしているロイスリーネにエマが声をかける。

「ありがとう、エマ。トレイス侯爵は気の毒な方だけど、話をしていると妙に疲れるわ。何かというとすぐに土下座をするし」

「あそこまでされてしまうと、許さないわけにはいかないという気にさせられますね」

「そうなのよ。もちろんセイラン王子とララの暴挙はあの方のせいではないし、一生懸命王子を守ろうとしているのは分かるから、どうこう言うつもりはないのだけれど……」

もしそれが分かっていてわざと土下座しているのであれば、とんだ策士である。

「そういえば王妃様、侍女仲間の噂によるとトレイス侯爵は大量に胃薬を持ち込んでいるらしいですわ」

ジェシー人形にドレスを着せていた侍女が手を止めて言った。

「トレイス侯爵が泊まっている部屋の担当をしている侍女が、カバンに大量の薬が入っているのを見たのだそうです。トレイス侯爵が言うには、執事の方が用意してくれたものだとか。どうやら侯爵は胃が弱いらしく、薬が手放せないそうですね」

「へぇ」

――ここでもまた「執事」が出てくるのね。

「その執事は薬の知識があり、学校でも薬草について教えているそうです。片頭痛持ちのセイラン王子の薬も彼が処方しているそうで、その分も持たされているとの話でした」

「待って、セイラン王子は王室付きの医者ではなく、侯爵家の一介の執事が処方した薬を飲んでいたということ？」

「そのようです」

――その片頭痛の薬とやらに、何か変なものが混ぜられていた……とか？

だがロイスリーネはすぐさまその説を自ら否定した。

——いえ、髪の毛の成分を調べてみても、怪しい薬が使われた形跡はないってライナスが言ってたじゃない。その薬に原因がある可能性は低いわね。

けれどやたらと出てくる「執事のジェイド」について調べてもらう価値はありそうだ。

さっそくリグイラやキーツに伝えて、ターレスにいるマイクたちに……と、そこまで考えてロイスリーネは頭を抱える。

——そうだった。私は今『緑葉亭』に行くのを禁止されていたんだったわ！

だとすれば、ジークハルトかカーティスに言って、彼らから伝えてもらうしかない。

なんてまだるっこしいのだろう。ロイスリーネは内心歯噛みした。

——ああ、前のように自由に……というほどでもないけど、定期的に『緑葉亭』に行けたなら！

ところがこの後、意外な方法で解決策が示されることになるのだが、今のロイスリーネには知る由もなかった。

ロイスリーネが歯噛みしているのと同じ頃。

本宮にある国王の執務室でも、ジークハルトがロイスリーネに会えないことを嘆いていた。

「……ロイスリーネのあの笑顔が見たい」

やる気になれない決裁待ちの書類を前に、ジークハルトはため息をつく。

……いや、正確に言えば、王妃ロイスリーネとしての貼りつけたような笑顔なら見ることができる。けれど、それはロイスリーネの心からの笑顔ではなく、単に身分に合うように取り繕った偽物の笑みだ。

ジークハルトはウェイトレスのリーネとして『緑葉亭』で浮かべているような、ロイスリーネの心からの笑顔を向けられたかった。

もっとも、ジークハルトは思いもよらないだろうが、ロイスリーネが取ってつけたような笑みしか彼に向けないのは、彼本人に原因がある。

何しろジークハルトは国王の時にはにこりともせず、基本無表情だ。いくらロイスリーネが前に比べて打ち解けてきたとはいえ、無表情の人間相手に素の笑顔を見せられるわけがない。

一方、カインの時のジークハルトは表情も豊かでロイスリーネに笑顔も向けている。するとロイスリーネもつい笑顔を返すことになり、結果的にお互い素の表情を浮かべているということになるのだ。

そのことを知っているカーティスは、仕事に身が入らない主に冷たく言った。

「陛下の時にも笑えばいいだけですよ。そうしたら王妃様も笑い返してくださいます」

「それができれば苦労はしない」

ジークハルトとしても、この姿のまま以前のように喜怒哀楽を出せるようになりたいのだ。けれどかつて「冷徹な王であるために感情を見せてはいけない。つけ入る隙を与えるだけだ」と、自分を厳しく戒めてしまったがゆえに、すっかりそれが習い性になってしまった。

笑いたくても笑えない。笑おうとしても顔がこわばってしまう。

辛くても悲しくても、この目からは一滴の涙すら出てこない。

皆はロイスリーネが来て以来少しずつ改善していると言うが、貼りつけたような無表情は一向に変わることはなかった。

「できないのであれば、カインとして心置きなく王妃様と会えるように、今回の件をさっさと片づけてください」

カーティスは歯に衣着せぬ物言いで、ジークハルトの愚痴を断ち切ると、新たな決裁書類を積み上げていく。

げんなりしながらジークハルトはぼやいた。

「そうは言うが、調査は行き詰まったままだ。王子の様子がおかしいのは明らかなのに魔法を使った痕跡も薬で洗脳した形跡もない。この国でできることはもうあまりないし、むしろ俺の我慢に限界がきそうだ」

ロイスリーネに暴言を吐き、普段の態度も悪いあの二人に対しては、王宮のあちこちから苦情も出ている。ジークハルトとしても大事な妻を悩ませる二人を帰国させるか、それができなければどこかに軟禁してしまいたいが、一応相手は友好国の王族。ましてやクロイツ派の調査のことがある。

今回の件にどこまでクロイツ派が関わっているかはわからないが、ロイスリーネの〝もう一つのギフト〟の力だけは絶対知られるわけにはいかない。

「はぁ、いっそのこと、何も問題なかったことにして追い払ってしまいたい……」

「お気持ちは分かりますが、短慮はやめてくださいね。それに、そろそろマイクたちの調査報告が来る頃合いです。それで事態が動くこともあるかも――」

「私の出番のようですわね！」

突然、執務室の扉が開いた。ぎょっとして戸口を振り向くと、そこにいたのは意味ありげに笑うリリーナ。そしてその後ろに所在なげに立つエイベルだった。

カーティスがため息をつく。

「……私たち三人以外はこの部屋に入ってこられないよう封印の術をかけておいたのに」

「エイベル～～！」

ジークハルトはリリーナの後ろにいるエイベルを睨みつけた。きっとリリーナが封印の魔法に気づいてエイベルに無理矢理扉を開けさせたのだろう。

エイベルはあさっての方向に視線を向けながら言い訳をした。

「いや、だってさ。リリーナ様に逆らうと後が怖いもの」

「お前は俺の従者だろうが」

「まぁ、陛下。エイベルを責めて時間の無駄遣いをしている暇はありませんわよ」

入室の許可も得ないままずかずかと執務室に足を踏み入れると、リリーナはジークハルトの座る机の前に立った。

今日何度目かのため息をつくと、ジークハルトはリリーナに尋ねる。

「で？　なんだって？」

「私の出番が来たようだと言ったのです。陛下、王妃様が留守の間、私があの方の代わりをしますので『緑葉亭』に行ってもいいという許可を与えてあげてくださいませ」

「なんだって？」

これにはカーティスもエイベルも驚いたようにリリーナを見つめる。

「セイラン王子たちが街に下りているといっても、警備を引き連れての目立つ団体行動でしょうから、避けることは可能かと思います。問題は王宮の中にいる間に王妃様の部屋にやってきて会わせろと騒動を起こすことだけでしょう。ですから、その間私が王妃様の代わりに部屋に待機しております。無理矢理部屋に入ってきても、私だったらあの二人を間違いなく撃退できますわ」

「ちょっと待ってください、リリーナ嬢。王妃様の身代わりをするといっても、あなたと王妃様ではあまりに違いますよ。変装するにしても無理がある」

カーティスが指摘すると、リリーナは満面の笑みを浮かべてとあるものを彼らの面前に出した。

「これがあれば、私でも王妃様になりきることができますわ！」

それは緑色の丸い石で作られたピアスだった。色は違えどもジークハルトの両耳についている赤いピアスとそっくりだ。

「リリーナ、まさか、それは……」

「ええ。ライナスに依頼しましたの。予算はいくらかかっても構わないと言ったら、嬉々として作ってくれましたわよ」

「ライナス～～！」

だが残念ながらここに文句を言うべきライナスはいない。

余談だがほぼ同時刻、魔法使いたちのいる研究所兼住居である『塔』にいたライナスが「ハックション」という盛大なくしゃみをしていた。

ちょうど隣にいたトール・ドノバンが心配そうにライナスを見る。

「ライナス様、風邪ですか？」

「……いや、たぶん、誰かが私の噂をしているのだろう」

「きっととても褒めているのでしょう。なんたってライナス様は天才ですからね！」

「……そうだな」

憧れを宿したキラキラの目で見つめられ、自称天才のライナスもこの時ばかりは居心地の悪さを覚えたという話だ。

リリーナはピアスを掲げてにっこりと笑う。

「これで私が王妃様に変身して部屋にいれば問題はありませんでしょう？　日頃の観察の賜物で、王妃様の仕草や言葉遣いを真似することなど造作もありませんし、私ならあの二人が接近してきてもこっそり魔法で撃退することが可能ですもの」

確かにライナスほどではないが、リリーナもジークハルトと同じくらい魔法が使える。リリーナならあの二人が突進してきても問題なく追い返せるだろう。

だが、ジークハルトはリリーナの申し出を簡単に受け入れることはできなかった。

「リリーナ、本当の目的はなんだ？　俺は君という人間をよく知っている。無条件に人の手助けをするほど、善良な性格でもないだろう？　君がわざわざロイスリーネの身代わりを申し出た本当の理由を教えてくれ。でないとこの案は承諾できない」

「あら、私自身王妃様を気に入っているし、タリス家が全面的に王妃様を応援していることともご存じでしょう？　それが理由にはなりませんの？」

タリス公爵家はロイスリーネを支持している。それは確かだ。ジークハルトがロイスリーネを王妃にと望んだ時に、タリス公爵家がもろ手を挙げて賛成に回らなかったら、いくらジークハルトといえど、小国の王女を迎え入れることは不可能だっただろう。

だから感謝はしているのだ。

「確かにタリス公爵家はロイスリーネを応援してくれているし、君が彼女を気に入っているのは分かっている。けれど、君がロイスリーネの身代わりをする本当の理由は、それとはまったく関係ないことだろう？」

「まぁ、さすが陛下。私をよく分かっていらっしゃること」

リリーナは扇子を取り出すと、弧を描く口元を覆いながら答える。

「ならば理由ももう分かっておいででしょう？　そう、私はあの二人と話をしてみたいの。だって今までにないタイプの人間だもの。私が興味を抱くのは当然ではなくて？」

「……やはりか。そうだと思った」

呆れたように呟いて、ジークハルトは天井を見上げた。リリーナの仕事を思えば、彼女があの二人に飛びつかないはずはないのだ。

「あのお二人と私は残念ながらまったく接点がないため、近くで見る機会もありませんの。親善使節団の接待係をやりたかったのに、お父様には反対されてしまうし」

「タリス公爵が反対する理由も分かりますよ。あんな常識外れの人間を娘に近づけたくないのは当然です」

カーティスが口を挟む。

「リリーナ嬢が嬉々として二人に接近していくだろうことが分かっているでしょうから、なおさらです」

「当たり前ですわ。あんなネタになりそうな逸材、私が逃すはずはありませんもの」

サラリとリリーナは言ってのけたが、急に声を少し落として続けた。

「ですが、今回は趣味の人間観察がしたいだけではありません。小耳に挟んだある単語が気になって、彼らと話をして確認したいことがあるのです。きっと陛下たちが調べていることと多少なりと関係があるものだと、私はにらんでおります」

「どういうことだ？」

ジークハルトが怪訝そうに眉を顰める。

「推測の域を出ませんが、おそらくは――」

リリーナが説明し終わると、ジークハルトとカーティスは難しい顔をした。

「確かにそういうこともあるかもしれないな。私は本には詳しくないが……」

「私は多少詳しいですが、小説は私の範疇外です。ですが、確かに一時期その手の作品があふれて、芝居にもなっていたと記憶しています」

「ええ、そうよ。だから私はあの二人と会って、直接話を聞いて確認したいのです。陛下、私が王妃様の身代わりになることを許可してくださいませ」

「む……」

しばらく思案していたジークハルトだったが、やがて根負けしたように頷いた。

「分かった。リリーナがそれほど言うのであればまかせる。けれど、くれぐれもやりすぎないように。ロイスリーネの評判を落とすようなことはしないでくれ」

「もちろんですわ。私におまかせを」

自信ありげにリリーナは請け負う。逆にそれに不安を覚える三人だった。

「本当に大丈夫ですかね？　だってリリーナ様、外見もそうだし中身も王妃様とは正反対じゃないですか。……いえ、無駄に行動力があるところだけは共通していますが」

エイベルが褒めているのか貶しているのか分からないことを呟く。するとリリーナはにっこりと笑った。

「あら、エイベル。私にそんなことを言っていいのかしら？　王妃様の身代わりをしている間に、エマにあなたのいいところを教えてあげてもいいのよ。あなたがどんなに陛下を大切にしているかとか。女性たちに愛想がいいのも、彼女たちから陛下の役に立つような情報を得るためにしているということも。きっとエマはあなたを尊敬すると思うわよ？」

とたんにエイベルは青ざめた。

「やめてくださいリリーナ様！　そんなことをしたらエマに冷たい目で見てもらえなくなるじゃないですか！　あの虫けらのように見下している表情がいいのに！」

とんだ変態発言である。

「……普通は逆じゃないか？」

ジークハルトがついカーティスに言ってしまうのも無理はなかった。だが常人とは異なる性癖を持つエイベルにとって、エマに冷たい目で見られなくなるのは死活問題なのだ。

「……つくづく歪んでいるわよね、あなたは」

リリーナですら引き気味になった。が、彼女はすぐに気を取り直すとジークハルトに向き直る。

「それでは許可をいただいたということで、王妃様のところへ行ってきますね、陛下。お仕事中失礼いたしました」

完璧な淑女の礼を取ると、リリーナは執務室を出ていった。その足取りは軽く、どれほど彼女が今回のことを楽しんでいるかを如実に表していた。

残された三人は顔を見合わせる。カーティスが眉を上げた。

「大丈夫でしょうか？　やりすぎないといいのですが……」

「そうだな。許可しておいてなんだが、妙に不安がこみあげてくる」

一抹の不安を感じながら、三人の男は再び顔を見合わせるのだった。

ロイスリーネは突然部屋を訪れたリリーナからとある提案をされて、心底驚いていた。

「え？　私の身代わりですか？」

リリーナはロイスリーネが『緑葉亭』に行っている間、身代わりとしてここにいてくれるというのだ。

「でも、いくらなんでも……」

目の前の美女に困惑の目を向けながらロイスリーネは呟く。

「ちょっと……いえ、だいぶ私とリリーナ様とでは違いが……」

「大丈夫ですわ、王妃様。これをご覧ください」

そう言ってリリーナが指し示したのは右の耳についている緑色のピアスだった。色は違っていてもその形にロイスリーネは見覚えがあった。ジークハルトやカインが身に着けている、変身用のピアスだ。

「もしかして、それは……」

「はい。こんなこともあろうかと、ライナスに作ってもらったのです」

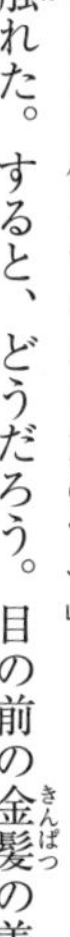

言いながらリリーナは指でピアスに触れた。すると、どうだろう。目の前の金髪の美女

数瞬の後、ロイスリーネの目の前にいたのは、いつも鏡に映っている己を具現化したような姿をした女性だった。

淡い金髪は黒髪へと。宝石のような紫の瞳は、緑色へ。

が姿形を変えていく。

——私だわ。私がいる。

目をまん丸くするロイスリーネに、もう一人のロイスリーネはにっこり笑う。

「リーネ様とそっくりだわ！」

「王妃様が二人いらっしゃる！」

「まぁ、これはすごい。ドレスが異なっていなければ、どちらがどちらか見分けがつきません」

普段からジェシー人形が扮するロイスリーネを見慣れているエマや侍女たちでさえも、もう一人のロイスリーネには驚きを隠せなかった。

「いかがでしょうか、王妃様」

ロイスリーネとそっくり同じ声のもう一人が、くるりとその場で回転しながら問いかけてくる。

「す、すごいです。リリーナ様。まるで鏡を見ているよう……」

実はリリーナの方が少しだけロイスリーネより背が高いのだが、今は目線も同じになっている。

――こんなに何もかもそっくりにできるなんて。改めて魔法ってすごいのね！

「同じ姿だと紛らわしいので、いったん元の姿に戻りますわね」

リリーナは再び耳のピアスに触れる。

すると、もう一人のロイスリーネの姿がみるみる変化していき、瞬きをしている間にもとのリリーナの姿に戻っていた。

「リリーナ様……」

「ご安心いただけましたかしら？　これなら私が王妃様に扮してもよほど親しい者たちにしか違いは分からないでしょう。ましてや異国の方に見破られることなどありませんわ」

「そ、そうですね」

「安心してくださいませ。陛下からも許可は得ております」

――これならもしかして大丈夫なのでは？

にわかにリリーナに身代わりを頼む案がロイスリーネの中で現実味を帯びてくる。けれど、今一歩踏み切れないでいるのは、リリーナの動機が分からないからだった。

どうしてリリーナはここまでしてくれるのだろうか。

確かに他の令嬢に比べて親しく接していると言える。けれど、付き合いが始まってまだ二ヶ月も経っていないのだ。身代わりまで引き受けてもらう義理はないように思える。

ロイスリーネはリリーナとソファに向かい合って腰を下ろすと、思い切って尋ねた。

「あの、リリーナ様。どうして私の身代わりなどしてくれる気になったのですか？　リリーナ様には何の得もありませんのに」

「あら、王妃様に恩を売れるという利点はありますわ」

リリーナはあっさりと答えた。けれど、急にいたずらっぽく笑う。

「でもそれは私が身代わりを受ける本当の理由ではありません。実を言いますと、私、あの二人と話がしたいのです」

「あの二人？」

「セイラン王子とララ嬢ですわ。聞くところによると、かなり変わった性格と考えをお持ちのようで。私、すっかり興味を引かれてしまい、話をしたいと思っていましたのよ。ところがなかなかその機会がなくて。……ですが、王妃様であれば自分たちからやってきてくれるわけです。こんなチャンス逃す手はありませんわ」

意外と言えば意外な、けれどリリーナらしい動機だった。

「それも趣味の人間観察のため、ですか？」

「ええ。でも、それだけではありません。ちょっと確かめたいことがあるのです」

「確かめたいこと？」

思わずロイスリーネが首を傾げると、リリーナはぐっと顔を近づけて、まるで内緒話をするかのように囁いた。

「『悪役令嬢』のことです」

ロイスリーネはハッとしてリリーナを見つめ返す。

「ララ嬢が王妃様に対してその単語を口にしていたと小耳に挟んだのです。それは本当のことなんですよね？」

「ええ。そうです」

『悪役令嬢』。それは、一度だけライナス王子たちと面会した時に、ララがロイスリーネを指して何度か口にした言葉だった。

あの時はうさぎがライナス王子に飛び蹴りをして気を失わせてしまったことでうやむやになってしまったが、ロイスリーネもずっと気になっていたのだ。

「リリーナ様は『悪役令嬢』が何か知っているんですか？」

「知っていると言えば知っております。けれど、私の知っている『悪役令嬢』がララ嬢の言う『悪役令嬢』と同じものかは分かりません。ですから、それを確かめたいのです」

なるほどとロイスリーネは思う。リリーナは『悪役令嬢』について何か心当たりがあって、ララと話をすることで答え合わせをしたいというのだろう。

「そういうことであれば、お願いします」

考えれば考えるだけいい案のように思えてきた。ロイスリーネも『緑葉亭』に働きに行けるし、リリーナは好奇心を満たすことができるのだから。

リリーナはホッとしたように微笑んだ。

「ありがとうございます、王妃様。精一杯代役を務めさせていただきます」

「私の方こそよろしくお願いします、リリーナ様」

つられてロイスリーネも微笑んだが、ふと心配になってリリーナに声をかけた。

「けれど大丈夫でしょうか？　あの二人、まったく話が通じないのですよ？」

「心配していただき、ありがとうございます王妃様。ですが、心配いりません。むしろワクワクしておりますわ」

「そ、そう。それならばいいのですが……」

ロイスリーネとしては二度と話したくなどないが、リリーナは違うのだろう。あるいは当事者ではないから気楽に考えているのかもしれない。

いずれにしろ、ロイスリーネとしては『緑葉亭』に行けるのだから、文句はない。

ほんの少しだけ湧き上がってくる不安を脇に追いやり、ロイスリーネは『緑葉亭』に思いを馳せた。

──もう一週間近く行っていないもの。早くリグイラさんたちに会いたい。調査がどうなっているのかも知りたい。

そして、カインにも会いたい。会って他愛ないやり取りで笑い合いたい。

「リリーナ様。さっそく明日から身代わりを頼んでいいでしょうか？」

身を乗り出してロイスリーネは尋ねた。

「では行ってきます、リリーナ様。あとは頼みました。エマ、リリーナ様を手助けして差し上げてね」

「はい、こちらはおまかせくださいませ、王妃様」

「リーネ様、お気をつけて」

「いってらっしゃいませ、王妃様」

翌日、ロイスリーネは彼女の姿に扮したリリーナと、エマ、それに他の侍女たちに見送られて出発した。

ランプを片手に寝室（しんしつ）の鏡から秘密の通路に入り、薄暗（うすぐら）いが慣れた道を王都の東側に向かって進む。ロイスリーネの足取りは軽かった。

──だって一週間ぶりなんですもの！

弾（はず）むような足取りで秘密の通路の出入り口の一つである民家から『緑葉亭』に向かう。

「こんにちは！」

開店準備の看板がかかっている入り口を開けると、一週間ぶりのリグイラとキーツの姿があった。

「ようやく出てこられたようだね、リーネ」

「リグイラさん。キーツさん。はい！　ようやく出てこられました！　今日からバリバリ働きますよ！」

待ち望んでいた店の独特な雰囲気に、つい笑みが零れる。

――やっぱりここが一番落ち着くわ。

「さっそくだけど準備に取りかかっておくれ」

「はい！」

エプロンを身に着け、テーブルの上を絞った布巾で拭いていく。

「リグイラさん、あっちの調査の方はどうです？　何か進展ありました？」

あっちの調査とはもちろんターレスに飛んだマイクとゲールたちのことだ。彼らならもう何か新しい情報を摑んでいるかもしれないと思って尋ねたのだが、返ってきた答えは「ノー」だった。

「人数も少ないし、学園と王宮と調べる範囲が広いからね。マイクたちも苦戦しているようだ。細かい情報は得ているようだが、まだこれといったものは出てこないらしい」

「そうですか……。あ、調査対象が増えてしまうのは心苦しいのですが、トレイス侯爵の執事の『ジェイド』という男を調べてほしいんです。今はトレイス侯爵領にいるみたいで……」

トレイス侯爵から聞いた話を伝えると、リグイラは頷いた。

「ああ、その情報なら宰相から聞いて、つい先日、調査対象に加えておいたよ。一般的な情報ならそれほど時間をかけずに得られるだろう」

やはりカーティスからその情報は伝わっていたらしい。調査がすでに開始されていると聞いて、ロイスリーネはホッと胸を撫でおろした。

開店準備が終わり、時間になるとリグイラが振り返った。

「開けるよ、リーネ。準備はいいかい？」

「はい、もちろんです！」

『緑葉亭』が開店したとたん、昼ごはんを求めて続々と人が入ってくる。ロイスリーネは元気よく声をかけた。

「いらっしゃいませ！」

「あ、リーネちゃん！」

「よかった。今日はいるんだな」

「リーネちゃんがいない間、寂しかったよ」

常連客がロイスリーネに気づいて次から次へと話しかけてくる。ロイスリーネはにっこりと笑顔を向けた。

「今日からまたよろしくお願いしますね！」

それからはリグイラとキーツと一緒に注文をさばき、忙しく立ち働いた。

ようやく一息つけるようになったのは、開店から三時間が過ぎた頃だ。その頃になるとロイスリーネは少しそわそわして頻繁に出入り口を見るようになっていた。

ロイスリーネが誰を待っているのかよく分かっているリグイラや常連客たちは、温かい目で彼女を見守っている。

それはいつもの光景だった。

やがて、そろそろ昼の営業時間も終わろうとする頃、ようやくロイスリーネの待っている人がやってきた。

「遅くなってしまった。まだ定食残ってる？」

戸を開けるなり、息せき切ってそう尋ねてきたのは軍服姿のカインだ。

「カインさん、いらっしゃい！　もちろん、残っていますよ。いつもの日替わり定食でいいですか？」

いそいそとカインの元へ向かったロイスリーネは、開いている席に彼を案内すると、リグイラに注文を伝える。

「リグイラさん、カインさんが来ました。日替わり定食お願いします」

「はいよ」

キーツが手際よく皿におかずを盛っていく。あっという間に定食ができあがると、ロイスリーネはお盆ごとカインの元へ運んだ。

「はい。日替わり定食です、どうぞ」

「ありがとう、リーネ」

カインが微笑んでいる。ロイスリーネはそれが妙に嬉しく思えて、笑顔で返した。するとますますカインの笑みが深くなっていく。

——本当にカインさんだとよく笑うのよね、陛下は。たぶん、二人を足して半分で割るとちょうどいいと思う。

二人を足してもなにも、カインとジークハルトは同一人物なのだが、ロイスリーネはその矛盾に気づかない。

しばらくすると店の中にはよく見知っている常連客——つまり第八部隊の『影』たちだけになる。ロイスリーネは食べ物を口に運んでいるカインに声をかけた。

「あのカインさん、リリーナ様のことありがとうございました。おかげ様でこうして店に出ることができます」

カインははにかんだように笑う。

「いや、俺はただリリーナに許可を出しただけだ、特別に礼を言われるようなことをしたわけでは……」

「それでもです。一週間もお店に来られなかったので、ウズウズしてたまらなかったんです」

「……俺も、ここでリーネと会えて嬉しい。その笑顔が見られて」

残念ながらカインの後半の言葉は声が小さすぎてロイスリーネの耳には届かなかった。けれど、周囲にいる『影』たちは耳がいい。ロイスリーネには届かなかったカインの言葉もばっちり聞いており、皆してニヤニヤ笑っている。

「こほん、ところでリリーナが君に迷惑かけてやしないか？　彼女、思い込んだら誰の言葉も聞かないからな。押しも強いから、気が付くと君もリリーナのペースに巻き込まれているかもしれない。その場合は俺かカーティスを呼んでくれ。なんとかしよう」

「あ、ありがとうございます」

リリーナのことを語るカインの口調には親しさがこもっていた。なんだかんだ言いながらも、二人は気安い間柄なのだろう。

「あの、リリーナ様とへい……じゃなくて、カインさんは幼馴染なんですか？」

つい尋ねてしまってから、ロイスリーネは内心慌てていた。

――私ったら、今さらのことをどうして聞いてしまったのかしら？　年も近いし、親類同士なんだもの。幼い頃から一緒に育っているのは当たり前でしょう？

「ああ、幼馴染のようなものだね。父親のタリス公爵や兄のイーサンにくっついてよく王宮を訪れていたしな」

「そ、そうですよね」

やっぱり親しいんだ。

分かっていたことなのに、なぜかカインの口から語られると、胸のあたりがもやもやしてしまう。

――だってジークハルト陛下の花嫁(はなよめ)候補ナンバーワンだったのでしょう？　いえ、今は違うし、私と結婚しているけど。……どうしてかしら？　ミレイさんの存在を知った時ももやもやしたけど、これは少し違うかもしれない。

けれど突(つ)きつめて考える前にリグイラに声をかけられて、もやもやが離散(りさん)する。

「リーネ、食べ終わった食器を厨房(ちゅうぼう)へ運んでおくれ」

「は、はーい。分かりました！」

ロイスリーネはカインの元を離れ、テーブルの上に置かれた食器とお盆を回収していく。

「それじゃ、俺は戻るよ。リーネ、送ってやれなくてすまない」

カインは食べ終わると慌ただしく帰っていった。どうやら公務があるのに、無理矢理時間を作ってやってきたらしい。久しぶりに働くロイスリーネを見守るために。

――無理しちゃって。……でもありがとう、カイン(ジークハルト陛下)さん。

さっきのもやもやのことはすっかり忘れ、ロイスリーネは温かくてくすぐったい気持ちのまま一週間ぶりの仕事を終えた。

秘密の通路を通り、気分よく王宮へと戻ったロイスリーネは寝室に入ったとたん、待ち構えていたエマと出くわした。

「しっ、お静かに、リーネ様」

エマは驚くロイスリーネに小さな声で囁くと唇(くちびる)に指を当てる仕草をした。

「エマ？」

「隣の居間にいらしているんです、例の方々が」

ハッとして居間に通じる扉を見つめる。例の方々というのはきっとセイラン王子とララだろう。

いつもは居間の方で出迎えるエマが今日に限って寝室にいたのは、帰ってきたロイスリーネに彼らの来訪を知らせるためだったのだ。

「エマ、ありが――」

「何だと、貴様！　今何と言った！」

感謝を告げる言葉は、隣から聞こえてきた怒鳴り声によって掻き消される。あの声はセイラン王子に違いない。

――また何か妙な勘違いをして怒鳴っているんでしょうね。

いつものことだと生温かい表情になっていたロイスリーネだが、次のララの言葉で様子が違うことに気づく。

「アバズレなんてひどいです！」

――はぁ？　アバズレ？

もちろん、ロイスリーネはアバズレが何を指すのか知っている。箱入り王女であれば聞く機会のない単語だが、ロイスリーネは「リーネ」として下町の食堂で働いている身だ。下品な単語も飛び交うことがあるので、自然と覚えてしまった。

――穏やかじゃないわね、アバズレなんて。一体なんでそんな単語が飛び交うことに？

理由はすぐに知れた。自分の声でこう言っているのが扉を通して聞こえてきたからだ。

「あら、あなたがそうでなくて何と言うのかしら？　婚約者のいる男性に平気で言い寄る女性はアバズレと呼ばれてもおかしくないわ。つまり、ララさん、あなたのことよ」

ロイスリーネはぎょっと目を剝いた。

――ななな、一体『私』は何を言っているの？

もちろん、ロイスリーネはここにいるので、居間でセイラン王子とララに対峙しているのはリリーナだろう。

だが、アバズレなどという単語が彼女の口から出るとは夢にも思っていなかった。

いや、問題はリリーナの口から出る単語そのものではない。彼女がロイスリーネに扮していることだ。

——ちょ、ちょっと、リリーナ様。それ私が言ったことになるんですけど〜？

「ひどい！　ひどいですロイスリーネ様！」

「貴様、言うにこと欠いてララに『アバズレ』などと！　絶対許さんからな！」

「そういうあなたは浮気者ですわね、セイラン殿下」

「なっ……」

嘆き、怒り、絶句。ララとセイラン王子が感情的になる一方、ロイスリーネの声はとても楽しそうだった。

「だってそうじゃありません？　私を婚約者だと思っていながらその娘に入れあげて、挙句の果てに根回しもせずに婚約破棄を言い渡す。これが浮気でなければ何と仰るの？　あなたが誠意を尽くすべきだったのは婚約者の私の方ではなくて？」

「わ、私と殿下は、浮気なんかじゃありません！　私たちは真実の愛で結ばれているんです！」

「そ、そうだ。僕とララは真実の愛で結ばれているんだっ。それにっ、浮気者だというの

であれば、貴様はなんだ！　貴様の方こそルベイラの王と浮気したんじゃないか！」

「あら、私のは浮気じゃありませんわ」

「なんだと⁉」

「だって私はジークハルト陛下と結婚しましたもの。それにあなたを婚約者だと思ったことなど一度もありません。ですから浮気ではないのです」

「き、き、詭弁だ！」

「おや。まぬけだと思っておりましたが、詭弁などという難しい言葉も知っていたのですね。お二人とも頭の悪い会話しかしていませんでしたので、てっきり私は猿以下だと思っておりました。ええ、この点だけは謝罪いたしますわ」

「き、き、貴様、僕たちを猿だと！」

「ひどい、ひどいです！」

「あら。だってあなた方先ほどから同じ言葉ばかり繰り返しているじゃありませんか。だから猿だと言っているのです」

「キィィィ！」

会話を聞きながらロイスリーネは頭を抱える。

――リリーナ様！　さっきから何を挑発しているのですか！

今すぐ隣に行って止めたいが、あいにくと今ロイスリーネが出ていくわけにはいかない。

一体なぜリリーナは二人を苛めるみたいなことを言っているのだろうか。

——これじゃ、まるで私が悪役みたいじゃ……。

そこまで考えてロイスリーネはハッとなった。二人の物語において恋を邪魔する悪役。悪役令嬢とはそういう意味だったのかと初めて理解する。

とはいえ、ロイスリーネが令嬢だったことは一度もなかったが。

「不愉快だ！　帰る！」

「あら、もう帰られますの。毎日毎日話をさせろとしつこく言ってきたのに、私に図星を指されたくらいで」

「ひどい……。ロイスリーネ様、なんで意地悪するんです⁉」

「さぁ、浮気をされたからじゃないかしら？」

扉から聞こえてくるロイスリーネの声は実に愉快そうだ。二人を存分にからかい、いたぶれたのだろう。

「浮気じゃないです、真実の愛で——」

「真実の愛などと笑わせてくれるわ。単なる浮気者とアバズレのくせに」

「貴様、覚えておけよ！」

カツカツカツと足音高く歩く音が聞こえた。おそらくセイラン王子が部屋を出ようとしているのだろう。

一方、ララの方はまだ部屋を出ようとはせず、王妃ロイスリーネになおも言葉をかけている。

「ひどいです。アバズレなんて、どうしてそんなひどいことが言えるんです！」

その言葉に答えるロイスリーネ(リリーナ)の声は最高の愉悦(ゆえつ)を含(ふく)んでいた。

「あら、これが『悪役令嬢』というものでしょう？　私はあなたが望んでいる『悪役令嬢』を演じてあげただけよ」

息を呑(の)む音が聞こえた。次に聞こえてきたのは、パタパタパタという足音だった。その足音は次第(しだい)に遠ざかり――やがて聞こえなくなった。

どうやらセイラン王子もララも居間を出ていったらしい。

「はぁ……」

ロイスリーネは大きなため息をつくと、居間へと通じる扉を見つめた。

――もう、リリーナ様はどういうつもりであんなことを言ったのかしら。それに最後の言葉は一体？

「本人に、聞くしかないわよね」

覚悟(かくご)を決めるとロイスリーネは扉を開けて居間に飛び込んだ。

「ちょっと、リリーナ様！　どういうことですか！」

「あら王妃様、お帰りなさいませ。久しぶりの外出は楽しかったでしょうか？」

当のリリーナはロイスリーネの姿を見てにこにこ笑いながらソファから立ち上がった。

「楽しかったですけど！　リリーナ様はなぜあのような挑発を……」

「大丈夫。問題ありませんわ、王妃様。彼らはルベイラに来てからずっと何かというとすぐに王妃様のせいにしておりましたから、今さら何を言ったところで誰も信じませんわ」

「それはありがたいですが、いえ、そういう話ではなくてですね！」

――あれぇ？　話が通じないのはあの二人で十分なのに、ここにも微妙に話が通じない人が？

思わずイラッとしてしまいそうになった時、リリーナが真顔になった。

「申し訳ありません、王妃様。少しからかいすぎましたわ。もちろん、私が彼らにああいう態度を取ったのには理由があります。きちんと説明しますので、まず先にその姿からお着替えくださいませ」

「あ……」

そういえばロイスリーネはまだ平民のようなワンピースに眼鏡をかけた「リーネ」の姿のままだった。この格好の時に事情の知らない人間に部屋に入ってこられたら困るのだ。

「分かりました。リリーナ様、少しお待ちくださいませ」

ロイスリーネは寝室でエマたちの姿を借りて簡単なドレスに着替えた。居間に戻ってみると、すでにリリーナはロイスリーネの変装を解いており、いつもの縦ロール姿に戻っている。

　リリーナは、ロイスリーネがソファに座るやいなや、説明を始めた。

「まず初めに、私が彼らと話をして確認できたことをお伝えしますわね。あとで陛下たちにも伝えますが、あの娘――ララは王妃様を物語の『悪役令嬢』になぞらえているようです。あるいは思い込んでいるといった方がいいかもしれませんね」

「物語の悪役令嬢？」

　ロイスリーネはキョトンとなった。

「あの子が私を悪者にしたがっていることはなんとなく感じていましたが……。でも、その物語の、というのは一体……」

「すべての発端は王妃様も知っているように五年前にコールス国で起きた第二王子と公爵令嬢の婚約破棄事件です。そう、今回、セイラン王子たちの状況によく似ていると目されている、クロイツ派が起こした事件です。あの事件で第二王子と公爵令嬢は婚約破棄。クロイツ派の一員だった第二王子の恋人は逮捕され、王子は王位継承権を剥奪されて幽閉ということで決着がつきました」

「ええ。そう聞いております」

「ですがこの事件の真相は、王族や一部の貴族以外の者たちには隠されました。クロイツ派のことがあったからでしょうね。そのため、真相を知らない大衆にとっては、突然第二王子とその恋人が表舞台から消えたように見えたわけです。そのことから彼らの間である噂が流れるようになりました」

『第二王子は公爵令嬢と婚約破棄したものの、平民出身の恋人との結婚は身分違いのせいで認められなかった。そこで第二王子は恋人を連れて国を出奔した』

「その噂に一人の作家が目をつけ、王子と平民の身分違いの恋、それに二人の恋路を邪魔する王子の婚約者といった要素を汲みあげた小説が出版されたのです。それは瞬く間に人気作となり、出版社がこぞって似たような作品を出したことでブームが起こりました」

　小説だけではなく、芝居小屋の演目になったり、オペラとして上演されるようになったことでさらに広がっていったそうだ。

　けれど、出版される小説がみんな同じような結末になっていたらいずれ飽きてしまう。そう考えた出版社と作家たちは、今までとは少し要素が異なり、別の結末にいたる物語を作り始めたのだ。

「それが王子と平民出身の恋人。それに二人の恋路を邪魔する『悪役令嬢』のいる話です。これらの要素が入ると、王子たちは駆け落ちすることなく、恋人を苛める『悪役令嬢』を断罪して婚約破棄し、二人は周囲に祝福されて幸せに暮らしたというお話になります。これが以前の駆け落ちしたものよりもウケ、さらに売れてしまったのです」

　いつしか『悪役令嬢』のいる話が定番となり、身分違いの末に駆け落ちというパターンはほとんど見られなくなった。

「物語の『悪役令嬢』はストーリーの進行上、不可欠な必要悪です。王子と恋人にとっては禁断の関係にスパイスを添える存在であり、主役カップルの前に立ちふさがる試練であり、壁でもあります。この『悪役令嬢』という試練を打ち破ることで二人の絆と互いへの愛が深まるというわけです。つまりは王子と恋人の恋の成就のための踏み台なのです」

ここまで言われれば、ロイスリーネにもリリーナの言いたいことが理解できた。

「つまり、私はララにとってその『悪役令嬢』の立場なのですね。いえ、そうなるように仕向けられているわけですね？」

リリーナはにっこりと笑って頷いた。

「はい。その通りです。もしあの子が物語の中の王子と恋人に憧れていた場合、自分が同じような立場に陥った時にどう考えるか、王妃様には想像がつくのではありませんか？」

「そうですね」

ララは思うだろう。この恋を成就させるためには悪役令嬢が必要だ、と。

謁見の間での二人の台詞が芝居がかっていたことも頷ける。まさしく二人は彼らの物語において、主役を演じていたのだ。

――けれど私を演者として巻き込むのは勘弁してほしいわ。本当に、もう。

げんなりしていると、リリーナは「そういえば」と前置きして言った。

「あの二人と話をしていて気づいたのですが、王子が主体だと思わせておいて、実はあのララという娘が王子の思考の方向を上手に誘導している節があります」

「セイラン王子の思考を誘導……？」

ふとロイスリーネの脳裏に面会をした時の光景が浮かんだ。記憶が混濁し、何かを思い出しかけていたセイラン王子を元の状態に引き戻してしまったのが、ララの言葉だった。

『しっかりして殿下！　騙されちゃダメ！　婚約破棄していいだなんて絶対に嘘よ！　悪役令嬢の言うことなんて信じちゃいけないわ！』

――もしかして、今までもあんな感じで正気に戻ろうとするセイラン王子を操っていたの……？

「やはり……セイラン王子がおかしくなった原因はララなのでしょうか？」

「そこまでは分かりません。もしかしたらコールス国の事件のようにララの背後にクロイツ派がいて操っている可能性もあります。少なくともあのララという娘が王妃様を『悪役令嬢』に仕立て上げようとしているのは確かです。けれど王妃様はあの二人とはほとんど会わないですし、『悪役令嬢』のような行動もしません。だからずっと二人は同じことを繰り返しているのでしょう。ララ的には次の段階に進めず足踏みしている状態といったところでしょうか」

急にリリーナはにやりと笑う。それこそまさに『悪役令嬢』のように。

「ですから、私は王妃様の姿でわざと彼らの前で『悪役令嬢』のように振る舞ったのです。さぁ、念願の『悪役令嬢』を得たララは、次はどうするでしょうね？　楽しみではありませんか、王妃様？」

　残念ながらロイスリーネはちっとも楽しみではない。なぜなら物語の『悪役令嬢』は断罪されて婚約破棄されるのだから。

「はぁ……」

　ロイスリーネは大きなため息をつくのだった。

「……それにしても、そんな物語が流行っていたなんて知らなかったわ。ロウワンが田舎だからかしら」

　ぼやくように呟くと、エマがロイスリーネの目の前にお茶を置きながら言った。

「流行っていたのは四年くらい前の話ですよね？　その頃のリーネ様は恋愛小説などには一切興味を示さず、冒険活劇や推理小説の部類に夢中になっていたからでは？」

　エマに言われてロイスリーネはポンッと両手を打った。

「そうだったわ。その頃『ミス・アメリアの事件簿』シリーズの第一作が刊行されて、それに夢中になっていたんだったわ」

『ミス・アメリアの事件簿』は没落貴族の令嬢であるアメリアと、彼女を秘書として雇った若き豪商ケルンが二人で赴いた先で起こる事件を解決するという推理小説シリーズだ。

一応推理小説という部類には入っているものの、冒険活劇だったりアメリアとケルンの両片思いの恋模様だったりと、色々な要素を楽しめる作品になっている。

「王子と平民出身の娘の恋なんかより、よっぽど『ミス・アメリアの事件簿』の方が面白いわ」

『ミス・アメリアの事件簿』シリーズは今も刊行が続いていて、主役カップルの仲がいつどのように進展していくのかが楽しみの一つになっている。

「特にエマは次の刊行を楽しみにしているのよね」

「ええ。そうです。いい加減ケルンにはアメリアへの想いを自覚し、くっついてもらいたいものです！」

『ミス・アメリアの事件簿』について熱く語るエマとロイスリーネは気づかなかった。我関せずとばかりにカップを傾けているリリーナの頰がほんのり赤く染まっていることを。侍女の中でも事情を知っている数名が、そんな彼女を微笑みながら見つめていたことを。

同じ頃、『緑葉亭』では、夜の仕込みを始めていたキーツが一枚の紙を手に厨房から出てきた。

「部隊長。ゲールから取り急ぎトレイス侯爵の執事のジェイドとやらの情報が送られてきたぜ。どうやら面白いことになりそうだ」

「なんだい、藪から棒に」

テーブルの準備を進めていたリグイラは、夫でもあり本業でのパートナーでもあるキーツの言に片眉を上げた。

「ここに書いてあるジェイドとやらの外見上の特徴と経歴を見てみろよ」

「どれどれ」

渡された紙に目を通していくにつれ、リグイラの顔つきが険しくなる。

「五年前トレイス侯爵に薬学に詳しいところを気に入られて雇われるようになった、か。五年前といえば、コールス国で例のクロイツ派が起こした婚約破棄事件が起きた頃だね」

「ああ。俺たちが三人ばかりクロイツ派の幹部を取り逃がしてしまったあの事件とほぼ同時期だ」

五年前、リグイラたち『影』は、ジークハルトの命によりこの事件に介入し、コールス国にあったクロイツ派の拠点を潰して回った。暗躍していた大半の構成員は捕まえられたものの、幹部クラスの三人を取り逃がしてしまったのだ。

数ヶ月前に起きたロイスリーネの拉致事件で、三人の幹部のうち「デルタ」と「ラムダ」の二人は発見した。けれど、中心的な存在だったもう一人の幹部の行方は杳として知れない。

「残りの幹部はなんて言ったっけ？」

リグイラが尋ねると、キーツは嫌そうに顔をしかめた。

「忘れんなよ、部隊長。奴の名は『シグマ』だ」

「そういやそういう名前だったたっけね」

リグイラは、顔を上げてドスの利いた声で命じる。

「副隊長、全員にこの情報を伝えな。今度こそ奴を捕えるんだ」

「了解」

短い返事をすると、キーツは厨房に戻っていった。リグイラは誰もいない店内で独り呟く。

「今頃現われるとはね。一体何が目的なんだか……」

第五章 うさぎ【陛下】の危機

あれからセイラン王子とララは、ロイスリーネの部屋に突撃してこなくなった。

「まぁ、ホホホ。あれしきのことで尻尾を巻くとは、なんともお粗末ですわね」

リリーナは優雅に笑っているが、ロイスリーネは一体彼らに何を言ったのだと冷や汗をかかずにいられなかった。

エマによると、ロイスリーネが聞いた会話は最後のほんの一部だけだったらしく、その前にもリリーナは二人の弁を鼻で笑い、正論で追いつめてはいたぶっていたらしい。

——勘弁してください……。

「あら、いたぶるなどと人聞きの悪い。私は彼らの主張の矛盾点を突いて問いつめただけですわ。王妃様と婚約していたという物的証拠の一つも出せないなんて、片腹痛いじゃありませんこと？」

『皆がそう言っているから婚約しているんだ』というのがセイラン王子の主張なので、もちろん証拠などありはしない。そこをリリーナはチクチク突き、しどろもどろになるセイラン王子の様子を楽しんでいたようだ。

例によってララがセイラン王子の思考を誘導するようなことを口にしたが、リリーナはすぐに彼女に話をさせてはならないと察し、それ以降は何か言いそうになるたびに魔法で彼女の声を奪っていたらしい。

なんともえげつないが、二人がロイスリーネに突進する気をなくしたのはいいことだ。

もっとも、いつまた復活するか分からないので、親善使節団が帰国するまでリリーナには引き続きロイスリーネの身代わりをしてもらうことになっている。

「それじゃあ、行ってきます。あとはよろしくお願いしますね、リリーナ様」

「はい。おまかせくださいませ王妃様」

「いってらっしゃいませ、リーネ様」

身辺がようやく静かになったロイスリーネは、今日も元気に働きに出る。

ロイスリーネが『緑葉亭』に行くために出発したのと同時刻。

ジークハルトの執務室に、カーティスとエイベル、そしてライナスが呼ばれていた。

「ゲールたちからの報告が入った。カーティス、お前が疑惑を抱いた部分も、二人はしっかり調べてくれたようだ」

　報告書をカーティスに手渡しながらジークハルトは言う。

「疑惑を抱いた部分？　宰相殿、それは何ですか？」

　問いかけたのはライナスだった。報告書を受け取りながらカーティスが答える。

「セイラン王子の件で誰がルベイラを頼ろうと提案したのか、です。……最初から不思議に思っていたんですよ。なぜターレスは自分たちで処理せずにわざわざルベイラに助けを求めたのか。普通、王族の醜聞など隠したいと思うのが当然です。現にターレスでも最初はセイラン王子を幽閉してこの件を終わらせようと考えていたようです。なのになぜ意見が翻ったのか。誰がそれを言い出したのか、それを知りたいと思いまして」

　カーティスは器用にも報告書をめくって、目を通しながら答えている。

「私だったらいくらクロイツ派のことがあったとしても、絶対に他国へは知られないうちに処理します。ましてやそれが王位継承順位の低い第三王子ともなればね。それが弱みに繋がる場合もあるわけですし。なのに、わざわざルベイラを選んで頼ってきた。それが不思議でなりません」

「セイラン王子が王妃様を婚約者だと思っていたからでは？　王妃様のことならばルベイラも無関係というわけにはいきませんから」

「それは違いますよ、ライナス。王妃様のことだから、余計に我が国の不興を買う可能性があったのです。考えてもみてください。王妃様を自分の婚約者だと吹聴している王子のことを、ルベイラが快く受け入れるとでも？　つい先日クロイツ派の事件が起こったからこちらも仕方なく受け入れたものの、そうでなければルベイラは『自分たちでどうにかしろ』と突っぱねていたことでしょう」

「要するにね。カーティスは誰かの意図的な介入があったと疑っているんだ」

　エイベルが口を挟む。

「こちらがクロイツ派のことでピリピリしているこの時期に、セイラン王子の件でルベイラに相談が来て、その結果、問題の王子が堂々と我が国に入ってきた。その一連の流れに意図があるんじゃないか、要するに裏で糸を引いている者がいるんじゃないかって思っているんだ」

「なるほど……クロイツ派が裏にいるかもしれないということですね」

　ライナスは納得したように頷いた。政治のことはまるで興味がないライナスだったが、クロイツ派のことだけは別のようだ。クロイツ派はすべての魔法使いと「聖女」、それに「魔女」にとっての敵だからだ。

「あった。これですね」

　該当の報告を見つけ出したカーティスが目を細める。

「どうやら最初にルベイラに相談すべきだと主張したのは、ターレスの筆頭魔法使いケイン・ドノバンのようです。それを聞いたトレイス侯爵が『幽閉の前に最後のチャンスを！』と方々にかけあって、ルベイラ行きが決まったようです」

「ターレスの筆頭魔法使いケイン・ドノバンですか。トール・ドノバンの父親ですね」

「そういえばライナスはトールの調査をしていたんだったっけ。どんな感じだい？」

エイベルが尋ねると、ライナスは少し考えてから答えた。

「普通の子ですね。魔力は魔法使いとしては平均的。特筆すべき点はなく、拍子抜けするほど何の裏も感じられません。まだ見習いのようで、魔法を使いこなしてもないですし。誰かによる魔法の干渉を受けているわけでもない」

「どこかおかしい様子はないんだね？　最初にララに入れあげたのはそのトールって子だったという話だけど」

「おかしな点はまだありませんね。セイラン王子とララ嬢の言動と比較しても、至極まっとうです。……もっとも、四六時中監視しているわけではないので、他の者に対してどういう態度を取っているかは不明ですが」

今まで黙っていたジークハルトが口を開く。

「ライナスは引き続き、トールの調査と監視にあたってくれ。父親のケイン・ドノバンがどういうつもりで他国の手を借りようと思ったのか、その理由がはっきりしないうちはトールへの警戒も緩めるわけにはいかない」

「はい、陛下。彼とは何度か話をして、すっかり慣れました。そろそろ少しずつ話を聞き出していこうと思います。もちろん、父親のケイン・ドノバンについても」

ライナスは微笑んだ。

「うわー、これが魔石ですか！　うわー、貴重な石なのに、こんなにたくさん！」

魔法使いたちの住む塔の魔石置き場にしている部屋で、親善使節団のトール・ドノバンが歓声を上げる。

薄暗い部屋の一角に無造作に置かれた大小さまざまな石は魔石といい、魔法や魔力を溜め込むことができる特殊な鉱石だ。魔道具を作るには必ずこの魔石が必要で、限られた地域でしか採れないために大変高価なものだった。

「これは、ルベイラ北部の山脈で採れた魔石です。採掘された魔石のほとんどは外国に輸出されますが、一部はここに運ばれて、私たち王宮付き魔法使いたちの手によって魔道具の開発や研究に使われています」

ルベイラの魔法使いの長、ライナス・デルフュールは、説明しながら慎重にトールの様子を窺う。

セイラン王子の側近でもあるトールの調査と監視を引き受けて以降、時々ライナスは彼をこうして魔法使いの塔に誘い、案内をしている。見習いとはいえ自身も魔法使いであるトールは、彼の誘いに嬉々として応じ、興味深くライナスの話に聞き入ってくれた。

——ふむ。十八歳という年齢のわりには外見も中身も幼く……、可もなく不可もない少年だな。普通すぎるくらいだ。

ライナス自身はトールという少年をそのように結論づけていた。

トールは童顔のうえ、肩先で切り揃えた髪型も相まって十五歳くらいにしか見えない。性格も素直で、魔法使いの塔で見るものすべてに感嘆している。

「やっぱりルベイラは規模が違いますね！　ターレスでは魔石は貴重すぎて、王室付き魔法使いの父でも自由に使えないんです。国からの予算もあまり出ないので」

ターレス国で魔法使いたちの地位はあまり高くない。貧しい国土のせいか他国に攻められることがほとんどないため、魔法使いに頼る必要もなかったからだ。

——ないがしろにされているわけではないが、他に優先するべきものがあるので後回しにされている。そんな感じか。

魔法使いに回せる予算もあまりないため、建物や研究室の規模も小さい。トールがルベイラの研究所で何を見ても感嘆するのはそのためだった。

「ライナス様、魔石の原石を手に取ってもいいですか？　僕、間近で見たことがなくて」

「ああ、構いませんよ。ただ、未加工のものばかりなので、手をけがしないように気をつけてください」

「はい」

　言いながらトールは石の前にしゃがみこみ、その中の一つを手に取った。

「石の中にキラキラしたものがありますね」

「そのキラキラしたものが魔石です。そのキラキラした部分だけを集めて魔法で加工すれば、魔道具を動かす原動力になる魔石となります」

「へぇ、このキラキラが」

「ええ、加工に使う魔法は――」

　感心しているトールにごく一般的な加工方法を説明していく。ルベイラでは独自の加工方法を採用しているが、それは他国には渡せない情報だ。

　ひとしきり説明すると二人は魔石置き場にしている部屋から出た。薄暗い部屋から急に明るい廊下に出たからだろう。トールは眩しそうに目を細める。ライナスはふとトールの指先が赤く濡れているのに気づいた。

「手をけがしたようですね」

　指摘されて初めてトールは自分の傷に気づいたようだ。

「あれ……？　あ、もしかして魔石の原石を手に取った時に？」

「きっとそうでしょう。原石は掘り出したそのままの状態なので鋭利な部分が残っているんです。たいしたけがではないようですが、治療しておきましょう」

ライナスは懐から ハンカチを取り出し、トールの手を取って指についた血をサッと拭った。それから傷口に手を翳し、魔法を使って癒していく。

「す、すごい。無詠唱で回復魔法を使えるなんて！」

トールは大げさに驚いているが、これくらいルベイラの魔法使いであればできて当たり前だ。使った魔力も微々たるものである。

――よほどターレスの魔法使いたちのレベルは低いのだな。

心の中で苦笑を浮かべながら、「すごい、すごいです」と連発するトールを伴って廊下を歩き始める。

「そういえば、君はセイラン殿下と幼馴染で同じ学園に通っているのだとか」

さりげない調子でライナスはトールに話しかけた。

「セイラン殿下とお供の女性は毎日王都に出かけているらしいですが、君は一緒に行かなくてよかったんですか？」

とたんにトールは口を尖らせた。

「前はいつも行動を共にしていたんですが、今はなんとなくそんな気になれないんです。セイラン殿下もララも僕がいない方がいいって言ってますし。……服を買って来いって言うからわざわざ街まで下りて買ってきたのに、可愛くないだのセンスが悪いだの散々言われて。僕だってあの二人に付き合って街まで行きたくありませんね！」

よほど腹に据えかねているのか、トールは刺々しい口調で言う。どうやら仲たがいをしたらしい。

「だいたい二人ともおかしいんです。ルベイラの王妃様とセイラン殿下が婚約しているだの、婚約破棄だのと。そんなはずないんです。だってついこの間思い出したんですが、二年前、ロウワンの王女と婚約話が出たけど、向こうから断られたって殿下自ら言っていたんですから！」

「……へえ、そんなことを言っていたんですか」

ライナスの灰色の目がキランと光る。けれど、溜まりに溜まった不満をぶちまけるトールは気づかない。

「そうなんです。でもどういうわけか、殿下は縁談を断られたことを全然覚えていなくて、むしろ婚約していると思い込んでいる。そのことを指摘したら『裏切り者』とか言い出すし。おかしいのはあの二人の方ですよ！」

「でも、君もつい先日まで王妃様とセイラン王子が婚約していると話していましたが？」

セイラン王子の言う『皆が婚約していると言っている』の中に、このトールも入っていたのは確かだ。

トールは急に頬を染めて、目を逸らしながら言いづらそうに口を開いた。

「……そ、それは、なぜか僕も婚約のことを信じていたので……。ロウワンの王女と婚約話が出たけど断られたって殿下が言っていたのを思い出したのも、この国に来てからでした し……、で、でも、今は信じておりません。セイラン殿下とララの言っていたことの方がおかしいんだって分かっています！　……ついこの間まで僕もおかしかったということも……」

眉を寄せて、トールは肩を落とす。

「ララのことだってそうです。僕はララみたいなタイプの女の子は全然好きじゃないはずなのに、どういうわけか好きだって思い込んでいました。父にも『お前、おかしいぞ』って言われたのに、僕は自分がおかしいことにちっとも気づいていませんでした。今思うとおかしかったと分かるのに、どうしてかな」

「……父君は君がおかしいと疑っていたのに、何の対策も講じなかったのですか？」

「そういえばそうですね。いつからか何も言わなくなりました。あの父が黙認するなんて、今から思えばそれも変です。でも僕はうるさく言われなくなって嬉しいとしか思えなくて……」

不思議そうにトールは首を傾げる。

——おそらくその頃にはケイン・ドノバンも干渉を受けていたんだろうな。

どういう手段を用いたのかは不明だが、トールもケイン・ドノバンも洗脳状態になっていたのだろう。そしておそらくはセイラン王子も。

――ただ、不思議なのは、トール・ドノバンの洗脳が今はほぼ解けているように見えるということだ。

確かに、自分でおかしいことに気づけば洗脳から抜け出すことは可能だ。けれどトールの話しぶりだと洗脳状態から抜け出せたから自分がおかしかったことに気づけたようだ。

――これは一体どういうことだろう？　トール・ドノバンが洗脳状態である必要がなくなったのか？　それとも他に何か原因が……？

ライナスの心に研究欲が湧き起こる。この現象を解き明かしたいという欲が。

けれど今は研究に没頭する時ではないことも理解している。なぜならライナス・デルフユールはルベイラ国の王宮付き魔法使いの長なのだから。

「トール君。なるべくセイラン殿下とララ嬢からは距離を取った方がいい。でないと君もまたおかしな状態に戻ってしまうかもしれない」

「は、はい。そうします。またあの状態に戻るのは嫌です！」

トールは素直に頷いた。もとよりトールもその不安があるからこそ二人と行動を共にしなくなったのだろう。

「用心のために、君の部屋まで送ります。心配はいりません。私を含めてルベイラの魔法使いたちは優秀な者ばかりですし、ジークハルト陛下が事態を収めるために動いているのです。必ず君たちの異変の原因を突き止めてみせます」

トールを部屋まで送り届けると、ライナスはローブの内側のポケットからハンカチを取り出した。そこには先ほど拭ったトールの血がついている。

「ふむ……」

じーっとそれを見つめていたライナスは、あることを調べるために、ハンカチを手に歩き始めた。

ララが初めてその話を知ったのは、十四歳の頃だった。

近所に住む幼馴染のお姉さんに、人気の芝居小屋に連れていってもらった時に観た劇が「王子と元平民の少女の恋物語」だったのだ。

王子と恋に落ちた平民の娘に次々と襲いかかる障害。身分違い、王子の婚約者の存在、周囲の苛め。それでも王子への恋を貫き通すヒロインの姿に夢中になった。これこそ「真実の愛」だと思った。

劇の最高潮は、王子の婚約者で物語の悪役でもある令嬢によって陥れられたピンチを、王子と一緒に乗り越えるシーンだ。そして二人は見事悪役令嬢を断罪し、周囲から祝福されて物語は終わる。

驚くことにこの芝居は実話をもとにして作られたものだという。いくつか本にもなっていると聞き、ララは夢中で買いあさった。

読んだ本の中には最後に二人の仲を認めてもらえないまま、駆け落ちして国を出てしまう作品もあったが、ララはやはり『悪役令嬢』をやっつけ、周囲に認められて結婚する作品が好きだと思った。

その憧れは、いつしか「物語のように自分も素敵な王子様と恋をしたい」という願望に変わっていった。

そんな折、ララは道を聞かれたことがきっかけで一人の男性と知り合う。男爵家の次男だというその男性は、本物の王子様ではなかったものの、物腰や外見はララの思い描く「王子様」そのものだった。

ララは彼に夢中になった。男性には婚約者がいたが、気にならなかった。

――小説でも芝居でも王子様には婚約者がいたもの。でも大丈夫。きっと彼は婚約者と別れて私を選んでくれる。だって二人の愛は真実の愛なんだから。

……けれど、彼にとってララは結婚前の火遊びに過ぎず、婚約者と別れる気などなかった。夢破れたララは、その男性と別れた。

だがそれだけでは終わらなかった。彼の婚約者がララに対して怒っていて、ひどい噂を流したのだ。そのせいで父親の靴屋には客が訪れなくなり、一家は困窮した。

結局父親が病気になったのを機に王都の店は畳んで、母方の伯父を頼ってトレイス侯爵領に引っ越すことになった。

トレイス侯爵領は田舎で、王都とはまるで異なっていた。娯楽も少なく、遊ぶ場所もない。何より就ける仕事もなくて、一家は食べていくだけで精一杯だった。

そんな生活の中でもララは希望……いや、野望を捨てなかった。いつか王子様のような身分の高い人に見初められて真実の愛を掴むのだと思っていた。

ある時、領主が平民のために無料の学校を開いていることを知り、ララはそこに通うことにした。学があった方がよりいい相手と巡り合えると思ったからだ。

そうして通い始めた学校で、ララはジェイドという教師と出会う。ひょろっとした三十代半ばの男で、決してララの好みのタイプではない。けれど頭がよく、領主の執事をする傍ら学校で薬学も教えていた。

ジェイドはララの夢を笑わなかった。それどころか手伝うとまで言ってくれた。

「こんな田舎じゃ、貴族、ましてや王族と出会うことなどないが、旦那様は王都で第三王子セイラン様の家庭教師をしておられるし、チャンスがないわけでもない。ただ殿下にはすでに婚約者がいて、かなり苦労はすると思うが、やってみるかい？」

もちろんララはジェイドの提案を呑んだ。

どういう伝手があったのか知らないが、ララはジェイドの紹介でフォーリック男爵家の養女となる。フォーリック男爵はララには無関心で、どうやら金銭と引き換えに彼女を養女にしたらしい。

フォーリック男爵家は貧乏だったが、ララは気にしなかった。王子の通う学園に入学するために、一年間ほど勉強をし、付け焼刃の作法を習い、なんとか及第点を得た。

学園に入学すると、ジェイドの指示通り、まずトール・ドノバンという少年と知り合う。トールは第三王子の側近だった。彼を落とせればセイラン王子に近づけるだろうとジェイドは言う。

だが、ララが頑張るまでもなくトールはすぐに彼女に夢中になった。そしてララに請われるまま、セイラン王子に紹介してくれた。

セイラン王子はまさにララが夢見る王子様だった。金髪ではなかったものの、見た目は問題ない。端正な顔だちに、情熱的な言葉。ララはセイランに愛された。他の側近たちにも歓迎された。

セイラン王子に乗り換えた自分をトールは怒るかもと思ったが、彼は怒らなかった。それどころか「ララは殿下に相応しい」と応援までしてくれた。……だから、ララは思ったのだ。自分とセイラン王子の間にあるものこそが真実の愛だと。だから皆も祝福してくれるのだと。

けれど、ララを歓迎したのはセイラン王子の側近たちだけ。ララはすぐに女生徒たちに睨まれて苛められるようになった。

――でも気にしないわ。だって小説や芝居でも、王子様に愛された平民出身の少女は王子の婚約者である『悪役令嬢』に苛められるのが定番だもの。……『悪役令嬢』は学園にはいないけど。

それも変だ、とララは思った。なぜ『悪役令嬢』は近くにいないのだろう。いなければ婚約破棄も断罪もできない。皆に祝福されて大団円という結末を迎えられないではないか。

『大丈夫だ。すぐに会えることになるだろう』

そう言ったのは一体誰だったか。ジェイドだろうか。覚えていない。

ただ、その言葉の通り、セイラン王子に連れられて行った国で、ララはとうとう『悪役令嬢』と出会った。

――この『悪役令嬢』を断罪すれば私は真実の愛を手に入れられる……！

そう思った。そうなるはずだった。それなのに、あの日『悪役令嬢』から言われた言葉がララの耳から離れない。

『私はあなたが望んでいた「悪役令嬢」を演じてあげただけよ』

――私が望んでいた『悪役令嬢』？　いいえ、私が望んでいたのは……。

『悪役令嬢』――いや、ロイスリーネ王妃の言葉を聞いてから、ララはおかしくなった。

いや、自分がおかしかったことに気づいてしまった。

薄いベールが一枚一枚剝がされていくように、少しずつ現実がララの夢を破壊していく。

「ララ？　一体どうしたんだ？」

「あ……」

肩を揺さぶられ、ララはハッと我に返った。セイラン王子が心配そうにララを見つめている。

――そうだ。私はセイラン殿下と街に下りてきていて……。

「ごめんなさい、殿下。ついぼーっとしちゃって」

「呼びかけても聞こえない様子でスタスタ歩いていってしまうからびっくりしたぞ」

その言葉に周囲を見回すと、いつも買い物をしている繁華街とは雰囲気の違う場所にいることに気づく。どうやら住宅街に入り込んでしまったらしい。

――あ、ここ、私が昔住んでいたところに雰囲気が似てる。

下町でも高級住宅街でもない、どこにでもある普通の街並み。靴屋を営む父親と、小言は少し多いけど、とびきり美味しい料理を作る母親と、三人で暮らした王都の街。

――懐かしい。あの頃が一番幸せだったな……。

とそこまで考えて、ララは首を横に振った。

──違う。今が一番幸せのハズなの！　だって夢だった王子様に愛されてるんだよ？　幸せじゃなければおかしいでしょう？

……なのに、どうして今は幸せじゃないなんて感じるんだろうか？

「ララ？」

立ち止まってしまったララに、セイランが怪訝そうに呼びかける。ララはすぐに我に返って明るく言った。

「変なところに入り込んじゃったね！　繁華街に戻らなきゃ！　こっちだったかしら？」

セイランの視線から逃れるように、ララはくるっと向きを変えて歩き出した。いや、歩き出そうとした。けれど、前をきちんと見ていなかったせいで、バランスを崩し、ララたちを避けようと端を歩いていた人に肩がぶつかってしまう。

「す、すみません、ごめんなさい！」

相手の女性が慌てたように言う。ララも反射的に謝った。

「こちらこそ、よく見てなくてごめんなさい」

顔を上げると、相手の女性のお下げにした黒髪と、顔半分を覆う眼鏡が視覚に飛び込んできた。が、見えたのはそこまでだ。

「おい平民！　僕の大事なララによくもぶつかったな。もしけがでもしたら──」

高圧的なセイランの口調に、なぜかララはイラッとした。

「ちゃんと周囲を見ずに歩きだそうとした私の方が悪いの。だからそんなふうに怒らないで。……あなたも行っていいわよ。ぶつかって悪かったわ」

セイランを見つめたまま、振り返りもせずに言うと、女性がぺこりと頭を軽く下げた気配がした。パタパタパタパタと足音が去っていく。

「ララ？」

「……何でもないです。さぁ、戻りましょう」

ララは血の気が引いている顔をセイランから隠すように、さっさと歩き始める。セイランは腑に落ちない顔をしながらも彼女に続いた。

「ああ、なんてこと……なんてこと……」

何度も繰り返して呟かれるララの小さな声が、セイランに届くことはなかった。

ロイスリーネは十分距離を取ってから足を止めると、壁に寄りかかって荒い息を吐いた。

「ああ、危なかった〜！　まさかあんな場所にセイラン王子とララがいるなんて」

『緑葉亭』の勤務を終え、ロイスリーネが秘密の通路がある民家に戻ろうとしたところ、なぜか住宅街の真ん中で二人に出くわしてしまったのだ。

――もう、驚いたのなんのって。まったく、どうしてあんなところにいたのかしらね、あの一団は。

セイラン王子とララはもちろん二人きりではなく、親善使節団の団員と思しき数名と、ルベイラ軍の服を着た護衛を何人も引き連れていた。それなりの人数が閑静な住宅街の道の真ん中で突っ立っている光景はある意味異常だ。できれば見なかったことにしたいくらいだった。

――でもいきなり回れ右して逃げ出して不審に思われるよりはと、目立たないように端を通り抜けようと思ったのに……。まさか、いきなり方向転換したララと肩がぶつかるとか、本当、ついてないわ。

幸いにも、ララにもセイラン王子にも正体はバレなかったようだ。きっとこの地味な服装と眼鏡のおかげだろう。

「ふふ、あっちだって、まさか王妃が平民に扮して街を歩いているなんて思いもよらないわよね」

ヒヤヒヤしたものの、なんとかこの場はしのげたようだ。

「さっさと戻ってリリーナ様とお茶でも飲もうっと」

ひとりごちると、ロイスリーネは王宮に戻るためにいつもの民家に向かって歩き始めた。

——次の日、ララの姿が王宮から消えた。

ララの失踪が明らかになったのは、昼近くになってからだった。

『緑葉亭』に行こうとしていたロイスリーネは、やってきたリリーナからそのことを伝えられ、慌ててエマを連れてジークハルトの執務室に向かう。

執務室にはジークハルトと宰相のカーティス、それに従者のエイベルの三人が揃っていた。

「ララが王宮から消えたって本当ですか、陛下！」

「ロイスリーネ。どうやらそのようだ。私もさっき聞いたところだ」

眉間にしわを寄せながらジークハルトが答える。

「まさか、誘拐とか拉致とか……？」

つい数ヶ月前、自身もクロイツ派に拉致されたことのあるロイスリーネは、思わずゾッとして両頬に手を当てた。

「いいえ、どうやらその心配はなさそうです」

カーティスは首を横に振って否定すると、テキパキと答える。

「ララの姿が王宮内部で最後に確認されたのが朝食の時です。それ以降は誰も見ておりません。部屋付きの侍女はいつものように街に出かけたのだと思ったそうです。最初に彼女が姿を消したことに気づいたのは、セイラン王子ですね。今日も街に行くのかと聞きに行って誰も部屋にいないということで大騒ぎになりました。念のため門番に確認したところ、東側の通用門からララが一人で出ていくところを目撃していました」

「え？　一人で出て行くところを、ですか？」

そうなるとララは攫われたわけではなく、自分の意思で出ていったことになる。

「そうみたいです。門番が声をかけたところ『忘れ物を取りに来ただけ。外で殿下が待っているの』と答えたそうです。そこで門番はいつものようにセイラン王子と街に行くのだろうと思ったそうです」

通用口は使用人や搬入用の馬車などが通る門だ。セイラン王子とララは街に出る時はいつも堂々と正門を使って出入りしていたが、その門番はララが一人だから通用門を使ったのだろうと、そのまま通してしまった、ということらしい。

「まったく人騒がせな。そのうちケロッとして戻ってくるんじゃないか？」

誘拐のたぐいではないことに安堵しつつも、ジークハルトは不機嫌そうだった。それはそうだろう。セイラン王子と二人で今まで散々騒動を起こし、そのたびに後始末をしてきたのはジークハルトやカーティスだ。またか、という気になるのは仕方なかった。

「でもさ、ジーク。王宮から出てそのまま姿をくらまされたら困るだろう？　早々に捜し出して確保した方がいいと思うよ」

エイベルが口を挟んだ。すでに王に対する敬語はどこかの彼方に置いてきているらしい。

無表情ながら「はぁ」と大きなため息をついて、ジークハルトは頷いた。

「そうだな。兵士に言って街を捜させよう。自力でターレスに戻ることは無理だろうから、おそらくまだ王都内をうろうろしているに違いない。ロイスリーネ、君はいつも通り、『緑葉亭』に行ってくるといい。日が落ちても見当たらなければ『影』の連中に捜査を手伝ってもらうかもしれないが、今は兵士だけで十分だろう」

「分かり――」

ました、と答えるはずだったロイスリーネの声が途切れる。なぜなら、廊下から「ララをどこにやった！　ロイスリーネ！」などという大きな声とともに足音が聞こえてきたからだ。

ジークハルトの眉がピクリと動く。彼は無言で椅子から立ち上がると、執務室の壁の一角に埋め込まれたどこかで見たような姿見の前に行き、隠し扉を開いた。

「ロイスリーネ、エマ。君たちがセイラン王子に見つかると面倒なことになりそうだから、彼が来る前にここの通路を使って部屋に戻ってくれ。帰り道はだいたい見当がつくだろう？」

「は、はい。分かりました。行きましょう、エマ」

ロイスリーネはエマの手を握(にぎ)って、姿見の方へと歩き出す。セイラン王子らしき足音はもう執務室のすぐ前までやってきている。あまり時間がない。

「ありがとうございます、陛下。それでは」

「気をつけて」

気遣(きづか)いの言葉を背に、ロイスリーネはエマと共に隠し扉の向こうへ飛び込んだ。ジークハルトが扉を閉めた直後、執務室の扉が乱暴に開かれ、血相を変えたセイラン王子が飛び込んでくる。

「ララをどこにやった、ロイスリーネ！　貴様が邪魔(じゃま)なララを拉致したことは分かっているんだ！」

「お待ちください、セイラン殿下！　これ以上騒動を起こしてはなりません！」

セイラン王子の後に、トレイス侯爵が続く。

「黙れ、トレイス！　僕のララが消えたんだぞ！　これはロイスリーネのやつが——ロイスリーネ、どこだ！　ここに来ているという話だったのに！」

心底うんざりしたようなカーティスの声が部屋に響(ひび)く。

「王妃様は先ほどお帰りになられました。入れ違いになったようですね。それよりも、我が国の王妃陛下を呼び捨てにするのはやめていただけませんか？」

「貴様にそんなことを言われる筋合いはない！　ララをどこにやったんだ！　ロイスリーネを庇いだてすると、貴様もただではすまさんぞ！」

――ああ、もう限界だ。

無言で彼らのやり取りを聞いていたジークハルトは自分の中で何かがブツッと切れた音を聞いた。

「黙れ」

ジークハルトは剣を抜くと同時に風のようにセイランに肉薄し、剣先を喉に突きつける。

「ひっ……」

あと数ミリの位置でピタリと喉を狙う鋭い切っ先に、セイラン王子の顔がサッと青ざめた。……いや、血の気が引いたのは命の危機が迫ったせいだけではない。目の前の綺麗すぎる男が、無表情でありながら青灰色の目に冷たい殺気をたたえていたからだ。

「俺の妻を侮辱するな。貴殿に呼び捨てにされる覚えはない。いい加減不愉快だ。貴殿の妄言を今まで黙認していたのは、ターレス国王夫妻に協力を頼まれたからであって、それ以上でもそれ以下でもない。だがロイスリーネをこれ以上侮辱するなら、話は別だ。三日以内に親善使節団には国外に退去してもらおう」

「陛下。それは……」

驚いたようにカーティスがジークハルトを見つめる。だが、彼が言いかけた言葉はトレイス侯爵の声にかき消されてしまった。

「お、お待ちくださいませ、ジークハルト陛下！　セイラン殿下はララが行方不明になり気が動転して――」

「トレイス侯爵。この措置になったのは貴殿の監督不行き届きも原因の一つだ。セイラン殿下の言動が不敬にあたると知りながら放置し、ロイスリーネに対する侮辱行為を一つとして止めることができなかった。セイラン殿下のことを思えば、殴ってでも止めるべきだったな」

「そ、それは……」

なおも何かを言いかけるトレイス侯爵を無視し、ジークハルトは剣を鞘に戻しながら冷たい口調でセイラン王子に宣告した。

「セイラン殿下。聞いていたな？　三日以内にこの国を出ていってもらおう。三日過ぎてもまだこの国に居座るようであれば、命の保証はしない」

「だ、だが、ララがっ！」

「あの娘は東の通用門から一人で出ていったことが確認されている。誰かに攫われたわけではない。自分の意思で出ていったんだ」

「そ、そんなはずは――」

「そんなはずはありません」

　セイランの言葉を遮って断言したのは意外にもトレイス侯爵だった。その確信のこもった口調にジークハルトは違和感を覚える。

「なぜ、断言できる？」

「それは……あの娘がどれほどセイラン殿下を思っているかを知っているからです。それに、ララにとってここは他国です。知らない土地で自分から出ていくなどありえないかと」

「そうだ、その通りだ！」

「だが、現に彼女は一人で王宮を出ている。兵士に捜させているので、そのうち見つかるだろう。だが、見つかる見つからないに関わらず、親善使節団にはルベイラから出て行ってもらう。いいな？」

　ジークハルトは有無を言わせず宣言すると、警備兵を呼び、セイラン王子とトレイス侯爵を無理矢理執務室から追い出した。

「ずいぶん思い切った手に出ましたね、陛下」

　黙って成り行きを見守っていたカーティスが苦笑する。

「だいぶ全体像が見えてきたからな。そろそろ受け身ではなく攻勢に出るべきだろう」

「ジークがこれ以上ないほど重圧かけたからね。期限を区切られたら、黒幕も動かざるを得ないいんじゃない？　さて、何が出るか楽しみだなぁっと」

エイベルが軽い口調で言った直後、執務室の床に白い魔法陣が浮かび上がった。

「ライナスか」

魔法陣から流れてくる馴染みのある魔力に向けてジークハルトが呟いたとたん、陣の中央に紺色のローブを身に着けたくすんだ金髪の男性が現れる。ルベイラ国の王宮付き魔法使いの長、ライナスだ。

ライナスはジークハルトに向かって一礼すると、すぐさま報告に入った。

「陛下。やはりセイラン王子とララ嬢の髪の毛から薬の成分が検出されました。間違いありません。トール・ドノバン同様、あの二人も薬物による洗脳状態にあります」

昨日、偶然トール・ドノバンの血液を手に入れたライナスが、念のため薬物が使われていないか検査をしてみたところ、トカラと呼ばれる洗脳薬の成分が検出されたというのだ。ジークハルトはその報告を受け、部屋付きの侍女たちに命じてセイラン王子とララ、それにトレイス侯爵と親善使節団の主要なメンバーたちの髪の毛を集めさせて検査に回した。

その結果、セイラン王子とララの髪からトカラの成分が検出されたのである。

「前に調べた時、セイラン王子の髪からは何も検出されなかったよね？」

誰もが同じように抱いた疑問をエイベルが口にする。

そう、親善使節団がルベイラに到着してすぐにセイラン王子の髪を分析したが、薬は使われていないと判断されていたのだ。

「あの髪の毛はトレイス侯爵から提出されたものでした。おそらくセイラン王子のものではなかったのでしょう」

「つまり、トレイス侯爵が黒ってこと？」

「もしくはトレイス侯爵も洗脳されていたのかもしれませんね」

トカラは百年ほど前、戦争中だったとある国が、自国の兵士たちに使うために産み出した洗脳薬だ。とある国の上層部はこれを前線に送り込む兵士たちに服用させ、彼らから死への恐怖心を奪った。結果、恐れ知らずの兵士たちのおかげで戦争は有利に進むようになったものの、薬の副作用で最後には敵と味方の区別もつかない怪物のような存在になってしまったという。

これを受けてトカラは全面的に禁止になった。副作用もさることながら、長期間の服用と長きにわたっての調教が必要で、魔法の洗脳術に比べても非効率的だったからだ。

だが、今回の黒幕はわざわざ面倒なトカラを使用して、時間をかけてセイランたちを洗脳している。理由は不明だ。

「おそらくトールの父親であるターレス国筆頭魔法使いケイン・ドノバンにもトカラが使われたものと思われます。トールによると、彼と父親は昔から片頭痛持ちで、ここ数年トレイス侯爵家の執事のジェイドに薬を処方してもらっていたようです。おそらくその薬の中にトカラが入っていたのでしょう。ただ今回、一人だけ洗脳の判別がつかない者がいました。髪の毛が採集できなかったのです」

「……トレイス侯爵だな？」

ジークハルトの言葉に、ライナスは頷いた。

「はい。侍女が部屋の隅(すみ)から隅まで調べましたが、髪の毛が一本も落ちていなかったそうです。普通に生活していれば髪の毛が抜けないなどということはありえません。つまり、トレイス侯爵は髪の毛を部屋に残さないよう注意していたということです」

「執事のジェイドとやらがクロイツ派の幹部である可能性が高かったのですが、トレイス侯爵も限りなく黒に近いということですね」

カーティスの言葉にしばし思案していたジークハルトはエイベルに視線を向けた。

「エイベル。しばらく俺の代役をしていてくれ。俺はちょっとトレイス侯爵とセイラン王子の様子を見てくる」

「え？　カインになるの？」

「カインじゃない。うさぎだ。その方が見つかった時にシラを切ることができるからな」

エイベルもカーティスも反対する時間はなかった。ジークハルトがさっさと右耳のピアスに触れてしまったからだ。

バサッと音を立てて、ジークハルトの服が床に落ちる。落ちた服の塊(かたまり)の中から青灰色のうさぎがちょこんと顔を出した。

「何もジーク本人が行かなくても『影』たちにまかせればいいのに……」

（自分の目で確かめたいんだ。あいつはおそらく……。エイベル、カーティス、ライナス。あとは頼んだ）

ジークハルト改めうさぎは心話で三人に告げると、執務室の窓を開けてポーンとジャンプしながら飛び出していった。

「あー、もう！　無駄に行動力があるのは王妃様だけじゃなくて、ジークも一緒だよね！」

ぷりぷりと怒りながらもエイベルは耳についているピアス型の魔道具に手を触れる。一瞬後そこには国王ジークハルトとそっくり同じ姿になったエイベルがいた。

「お気をつけくださいい、陛下。決して油断なさらぬよう」

カーティスがジークハルトの飛び出していった窓を見つめて呟く。

さすがのカーティスも、このすぐ後に、とんでもない事態になるとは予想だにできなかった。

うさぎのジークハルトはセイラン王子が使っている部屋のベランダに到着した。窓からそっと中を覗き込むと、セイラン王子がソファに添えられているクッションを何度も何度も殴っている。

　トレイス侯爵の姿はベランダからは見えなかったが、どうやら部屋の中にはいるようだ。

「くそっ。何がララは自分から出ていった、だ！　僕は騙されないぞ！　僕のララはロイスリーネの手によってどこかに連れ出されたに違いない！　今すぐ取り戻さねば！」

「……少し静かにしていただけませんか、殿下。あと三日の猶予しかないのですよ。どうすればより効果的に結末を迎えられるか、それを考える必要があります。あなたのララ捜しに関わっている暇などない」

　その声はトレイス侯爵のものだった。けれど、今までの彼とはまったく口調が異なっている。セイラン王子に対してもどこか不遜な声の響きがあった。さらに窓に近づいて部屋を覗き込んだジークハルトは、全身の毛がぼわっと逆立つのを感じた。

　今まではカーテンが死角になって見えなかったが、トレイス侯爵はジークハルトのいるベランダからきわめて近い場所に立っていたのだ。

　けれど、思っていたより近くにいたからジークハルトが毛を逆立てたわけではない。人間の時には見えなかったものが、うさぎの目でははっきりと見えたからだ。

　トレイス侯爵の姿に重なるように、別の面影を持った男がいた。痩せた三十代半ばの男だ。髪の毛は灰色で、黒い瞳がトレイス侯爵の水色の目と二重写しのようになっている。

（もしや、この男がジェイド？）

おそらくそうなのだろう。トレイス侯爵は洗脳されていたわけではない。最初からセイラン王子たちを洗脳していた張本人が傍にいたのだ。魔法でトレイス侯爵の姿に化けて。

「いやだ！　僕はララを捜したい！　彼女が傍にいないと、僕は……僕は……」

子どものように喚くセイラン王子に、トレイス侯爵——いや、ジェイドは冷たく言った。

「うるさい、黙れ」

するとどうだろう。あれほど喚いていたセイラン王子がピタリと口を噤んだ。セイラン王子の方を見てみると、ぼうっとした表情になっている。

「殿下、あなたが私の制止を振り切って勝手なことをするから、あと三日しか猶予がなくなってしまったんですよ。大人しく私の傀儡になっていればいいものを。あの小娘も王宮を出ていくなどと勝手な行動をして。ああ、とっとと薬を強くして自我などなくして操り人形にしておけばよかったか。失敗した。この教訓は次の生の時に活かすとしよう」

不意にセイラン王子の顔に表情が戻り「ララ……ララ……」と呟き始める。けれど、先ほどのように大声ではなかった。

「ララ、ララを捜さないと。取り戻さないと……」

セイラン王子はせわしなく顔を巡らしては部屋のあちこちに視線を向けている。まるでララを捜しているかのように。その緑色の目が不意にベランダの方に向いた。

「あ……」

ジークハルトがまずいと思った時には遅かった。ベランダの掃き出し窓越しに、セイラン王子とばっちり視線が合う。

（まずい！　まずいぞ！）

　とっさにジークハルトは偶然に通りかかった普通のうさぎのふりをしようと、後ろ足で顔を掻き始める。だが野良猫ならず野良うさぎのふりには無理があったようだ。

「お、お前、あの時のうさぎだな⁉」

　ベランダに出ようとするセイラン王子。これはまずいとジークハルトは退散することにした。だが、ベランダを飛び出そうとしたとたん、どこからともなく紐が現われて身体に巻き付き、ぐるぐる巻きにされてしまった。

（今のはセイラン王子じゃないな。あいつは魔力が皆無だ。すると、俺を捕まえたのは偽トレイス侯爵か……）

　油断した。魔法を使って変身するのは案外魔力を使う。ライナスが作ってくれた魔道具の補助がなければ、ジークハルトだって長時間カインの姿を保つことは難しい。

（変身しているのなら、別の魔法は使わないだろうと踏んでいたが……甘かったらしい）

「捕まえた。捕まえたぞ！」

　ぐるぐる巻きにされたジークハルトを、セイラン王子が持ち上げる。

「トレイス、これはジークハルト王の飼っているうさぎで、ロイスリーネも可愛がってい

るペットだ。……よし、いいことを思いついたぞ！　このうさぎを人（？）質にとって、ララの身柄と交換させようじゃないか！」

満面の笑みを浮かべるセイラン王子に、ジークハルトは胡乱な目を向けた。

（うさぎと人間を交換？　相変わらず頭の悪い発想だな）

だが、このバカバカしい案に同意する声があった。

「……まぁ、いいでしょう。どうやらトカラのことにも気づかれたようだし、この辺が潮時でしょう」

トレイス侯爵の顔の下で、ジェイドがうっすらと笑った。

第六章 地下神殿での攻防

ターレス国で調査を続けていたマイクとゲール、それに王都での調査を終えた仲間の『影』たちは、ジェイドの足取りを追ってトレイス侯爵領に来ていた。

丘の上に建っているトレイス侯爵家の屋敷を近くの林の中から窺いながら、マイクが吐き捨てる。

「ちっ、そうだろうとは思っていたが、やっぱりクロイツ派の巣窟になってやがるな」

マイクとゲールをはじめとする『影』たちは、何度かクロイツ派と戦ったことがある。そのため、彼ら特有の気配を敏感に感じ取れるようになっていた。

「大部分は、ジェイド……いや、クロイツ派の幹部の『シグマ』がトカラで洗脳したトレイス侯爵の使用人たちだろう。問題は精鋭部隊がどれだけいるかってことだが……」

眉を寄せるマイクに、ゲールは軽い口調で答えた。

「シグマがあの屋敷に潜んでいるなら、それなりにいるだろうな。突撃すれば分かるってもんだ」

「まぁ、そうだな」

軽く応じながらもマイクにはある予感があった。ゲールも感じ取っているだろう。

――きっと、あそこにもうジェイドはいない。

人形師と操り人形はセットだ。セイラン王子が国外に出ている以上、おそらくジェイドも何らかの形で親善使節団の中に紛れ込んでいるだろう。

マイクとゲールの目的はジェイド本人ではなく、彼が作った洗脳薬トカラを押収することだった。危険な薬を放置するわけにはいかない。それに、薬の実物が手に入ればそこから効果的な中和剤を作ることができる。

「ほんじゃまぁ、さっさと制圧しましょうかね！」

仲間に合図を送ると、マイクとゲールは屋敷に向かって目にも止まらぬ速さで走り始めた。

それから一時間後、あっさり制圧に成功したマイクたちは、屋敷にいる使用人たちを一ヶ所に集めて話を聞く。

二人が思っていた通り、使用人に紛れていたクロイツ派の精鋭部隊はほんの一握りしかいなかった。けれど、家政婦長や、料理長、従僕などの上級使用人の一部は、ジェイドによってトカラで洗脳されていたらしく、精鋭部隊が倒された以降はぼんやりと立っているだけで、何の反応もなかった。

下級の使用人にトカラは盛られていなかったらしく、彼らは不安そうにマイクやゲールたちを、そして木偶の人形になってしまったかのような上司たちを見つめている。だが、どことなく安心した様子なのは、この屋敷の異変に気づいていたからなのだろう。

ゲールが声を張り上げる。

「さっきも説明したように、俺たちは陛……国王から正式に依頼されてここに来ている。あんた方に危害を加えるつもりもない。ジェイドの情報と彼の作る薬について話を聞きたいだけだ」

すると、一人の若い侍女が前に出てきて、ぼんやりしている家政婦長をチラチラと見ながら声をかけてきた。

「あ、あのっ、悪い人たちじゃないんですよね？　執事のジェイドさんの悪事を暴きに来たんですよね？　だったら、地下室に、侯爵様が捕われているんです。助けて差し上げてください！」

侍女は、家政婦長に命じられてこの半年間、地下室に監禁されているトレイス侯爵に食事を運んだり世話をしていたらしい。ジェイドに他の者にバラせば命はないと脅されて。

「トレイス侯爵が……？」

マイクとゲールは思わず顔を見合わせる。

それが本当ならば、今、親善使節団の代表としてルベイラに来ているトレイス侯爵は

「よし、案内してくれ。侯爵からも話を聞きたい」

――。

ララが行方不明になったのを気にしながら、ロイスリーネはいつものように『緑葉亭』で働いていた。

「今日はカインさん、来ないのかな……」

戸口を何度も窺いながら、ひとりごちる。

――そうよね。リグイラさんから聞いたトカラのこととか、行方不明になったララのこととか、色々指示しなければならないことがあるものね。

リグイラからの報告によると、トール・ドノバンだけでなく、セイラン王子やララ、それにトレイス侯爵も洗脳状態にあるかもしれないという。

トレイス侯爵まで洗脳されていたとはにわかに信じられなかったが、セイラン王子とララの洗脳は頷ける。あの支離滅裂な思考や、妙に芝居がかって聞こえた言葉も、すべて洗脳されて誰かに言わされていたのだろう。

――私が婚約者だと思い込んでいたのも、きっと……。

「カインは今日は来ないいんじゃないかね」

あまりに何度も戸口を見ていたからだろうか。空いたテーブルを拭いているロイスリーネにリグイラが声をかけてくる。

「さっき宰相殿から連絡があったよ。陛下は親善使節団に、三日以内にルベイラから出ていくよう宣告したらしい」

「あら、まぁ」

「腹に据えかねていたからね。当然さ。セイラン王子がおかしくなった原因も分かったし、薬はターレスに赴いたマイクとゲールたちが見つけるだろう。ターレスに薬と情報を渡して、あとは自分たちで始末してもらうって形にするのが一番さ」

「そうですね。ルベイラがそこまで面倒見る必要はありませんものね」

もともと原因が分からないから協力してほしいと泣きついてきたのはターレスだ。調べた結果、洗脳薬トカラのことや、トレイス侯爵の執事ジェイドにクロイツ派と関わりがあることが分かったが、ルベイラができるのはそこまでだ。

「ただ、依然として目的が不明ですよね。おまけにララまで行方不明だなんて」

はたしてあのセイラン王子が、大人しく帰国してくれるだろうか。

「まだ半日だろう？　兵士も捜しているんだから、そのうち見つかるさ。行く当てもないだろうしね」

リグイラは言いながらぐるりと店内を見回し、いつもの常連客しかいないことを確かめるとロイスリーネに指示した。

「そろそろ客も少なくなってきたね。リーネ、店の表に休憩中の札を出してきておくれ」

「はい」

やっぱりカインは来ないようだ。残念に思いながらロイスリーネは店の表に出る。

札を表の戸口に引っかけ、メニューの看板を片づけようとした時だ。店の前をとぼとぼ歩いているピンク髪の女性がふと目に留まった。

「…………は？」

ロイスリーネは我が目を疑ったが、何度瞬きをしてもそのピンク髪の女性はララその人のように見える。

――……そういえば最近はずっとこの辺りに遊びに来ていたものね。

きっと、王宮を出たはいいが、行く当てもないから少しでも覚えがあるところに足が向いたのだろう。

――なんという幸運！　これで心置きなくセイラン王子たちを国外に追い出せる！

ロイスリーネはピシッとララに指を突きつけ、店の中にいる常連客――すなわち『影』たちに嬉々として命じた。

「見つけた――！　確保――――！」

すると、のんびりと食後を過ごしていた彼らは一瞬にして顔つきを変えて、我先にと店の外へ飛び出してきた。

「え？　え？　何？　何なのよ!?」

あっという間に男たちに捕えられたララは、突然のことに抵抗すら忘れて呆然としている。

「よし、そのまま店の中に入れな」

リグイラがロイスリーネの後ろから指示すると、常連客たちは素早くララを店の中に運んだ。幸い前の通りには誰もいなかったが、もし見られたら王都の治安を守っている第五部隊の官警に通報されていたかもしれない。

「ちょっと、何なのよ！」

店の中に連れ込まれてようやく我に返ったララは、顔をこわばらせながらも文句を言っている。ロイスリーネは構わず声をかけた。

「なぜ王宮から逃げ出したの？」

「あれ？　あなたは……この間の……？」

ロイスリーネの姿を見てララはついこの間ニアミスしたことを思い出したらしい。けれど、さすがに王妃だとは気づかない。

――おさげにして眼鏡をかけているだけだというのに。本当に気づかれないものね。

仕方なしにロイスリーネは眼鏡を取り、いつもの「王妃の笑み」を浮かべて言った。

「答えなさい、ララ・フォーリック。なぜ王宮から逃げ出したの？　セイラン殿下が大騒ぎしていたわよ」

「あ、あなたは……！」

ようやくララはロイスリーネが「王妃」だと気づいたらしい。目をこれでもかと見開いてロイスリーネを見つめる。

「な、なんで？　どうしてこんなところにあなたがいるの？」

「この服装を見れば分かるでしょう？　お忍びよ。そしてこの店はお忍び中によくお世話になっている店なの。近くに軍の駐屯所があるから治安もいいしね」

まさか仕事をしているとは夢にも思わなかったらしく、その言い訳を信じたようだった。ララも王妃がウエイトレスをしているとは言えないので、適当な理由をでっちあげる。

「そうか……。セイラン殿下たちもよくお忍びで遊びに出かけていたものね」

──あれ？　なんとなくいつもと態度が違うような……？

不思議に思いながらも、ロイスリーネは再び問いただした。

「それよりも、どうして王宮を抜け出したりしたの？　セイラン殿下が『貴様が邪魔なララを拉致したんだな』と言って押しかけてきて大変だったのよ。早く戻った方がいいわ」

とたんにララは顔をこわばらせる。

「戻るのは嫌……」

どうやら自分の意思で王宮から出たというのは本当のようだ。けれど、その理由を言おうとはしない。どうしたものかと思っていると、リグイラが声をかけた。

「ひとまずそこのあんた、腹減ってるんじゃないか？　まだ昼は何も食べてないんだろう？　まかないでよければ食べていきな。リーネもだよ」

「あ、はーい」

ロイスリーネはララへの追及をひとまず置いておいて、食欲を優先することにした。

今日のまかないは、川魚のバター焼きに、豆のスープだ。美味しそうな匂いが食欲をそそる。ララも目の前に置かれたお皿から立ち上る匂いに、喉をごくりと鳴らした。

「温かいうちに食べな」

「いただきまーす」

さっそくロイスリーネは美味しいご飯に舌鼓を打った。ララもロイスリーネに倣ってスプーンを手に取り、豆のスープを口に運ぶ。

「……美味しい。懐かしい味がする……」

ポロリとララの目から涙が零れ落ちた。ロイスリーネは見なかったふりをして食事を続ける。ララも時々涙を零しながら、一さじも残さず食べきった。

「……おかしなことを言うと思うでしょうけど、昨日までの私は私じゃなかったの」

食事を終え、ロイスリーネが食器を片づけていると、ララがボソッと口を開いた。リグイラはロイスリーネと視線を交差させると、彼女にしては優しい口調でララを促した。

「最初から話してみな」

ララは自分の生い立ちから話し始めた。王子と庶民の身分違いの恋に憧れたこと、貴族男性に恋をして王都を追われて、親戚のいるトレイス侯爵領に家族で移り住んだこと。ジェイドとの出会いや、彼に言われるまま男爵家の養女になり、学園に通い始めたこと。トールとの出会いや……セイラン王子と懇意になったことを。

「でもそれは私だけど私じゃなくて……記憶にはあるけれど、まるで夢を見ていたみたいな感じなんです。夢の中の私は、普通だったらおかしいと思うことがおかしいと分からなくて、変なことばかり言って……」

ララはロイスリーネを見て必死に訴えた。

「夢の中の私はロイスリーネ王妃がセイラン殿下の婚約者だって思い込んでいたけれど、でもそれは変ですよね？　王妃様はルベイラの国王陛下と結婚しているから、セイラン殿下の婚約者であるはずがないのに。どうして昨日までの私は不思議に思わなかったんでしょう？　私はそんな自分が怖い。セイラン殿下も怖い。セイラン殿下に恋をしていたと思っていたけれど、今思うと本当に恋をしていたのか……。恋をしないといけないと思い込まされていたみたいな感じなんです！」

やっぱり、とロイスリーネは思った。ララもジェイドに洗脳されて、いつもの自分とは違う行動をしていたのだろう。

――それが急に正気に戻って、今までの自分が恐ろしくなって逃げ出したのね。

洗脳されている時のララを見てどれだけお花畑脳なのだろうと思ったものだが、正気に戻った彼女は、常識的な思考の持ち主だったようだ。それを洗脳薬はあんなふうに捻じ曲げてしまうのだから恐ろしい。

「ララ。落ち着いて聞いてね。あなたはジェイドの薬によって洗脳されていたのよ」

ロイスリーネはトール・ドノバンの血液からトカラと呼ばれる洗脳薬の成分が検出されたこと、セイラン王子もララも同じように洗脳されていた可能性があること、そして彼らを洗脳していたのはトレイス侯爵の執事のジェイドであることを告げた。

「ジェイドさんが⁉」

「あなたの話によると、かなり長い間洗脳されていたように思えるわ。何かジェイドから薬のようなものを渡されて飲んだ覚えはないかしら？」

「あ、あります。毎日飲むようにと言われて渡されていた栄養剤が」

ようやく洗脳されていたことを実感したのか、ララの顔から血の気が引いていく。

「トール君もジェイドさんから頭痛薬を処方されていたし、セイラン殿下も身体が弱いからっていつも薬を飲んでいて……じゃあ、あれが？」

「そのようだね。……でも不思議なのは昨日まであんたは洗脳状態だったのに、どうしていきなり正気に戻ったんだろうか。トカラを常服していたんだったら、数日薬を飲み忘れたくらいでは元に戻らないはずだけど」

リグイラが誰もが抱いた疑問を口にする。それに対するララの答えは意外なものだった。

「理由は分からないけど、正気に戻った瞬間のことなら分かるわ。ロイスリーネ王妃陛下と街でぶつかった時、急に頭の中を覆っていたベールがなくなったかのようにはっきりしたの。だから、王妃様のおかげだと思うわ」

ララはロイスリーネを見ながら言う。

「わ、私？　私とぶつかったあの時？　でもそれだけで急に正気に戻るなんて変じゃ……」

ふと脳裏に閃くものがあった。ロイスリーネが持っているという『還元』のギフト。対象を元の姿に戻してしまうという能力。

――まさか『還元』のギフトが？　触れただけで、洗脳薬の効能を『還元』してしまったの？

確かに勝手に発動しては扉の封印を解いたり、攻撃魔法を無効にしてしまったり、剣を鉄砂に戻してしまったらしいが、まさか薬に対しても有効なのだろうか？

けれどそのことについて深く考える暇はなかった。厨房からキーツがやってきて驚くべき報告をしてきたからだ。

「部隊長。陛下が攫われたそうだ！」

「はぁぁ!?」

リグイラが声を上げると同時にロイスリーネの手から滑り落ちたお盆が床に転がって大きな音を立てた。

——陛下が……攫われた……？

一瞬、頭の中が真っ白になる。

固まってしまったロイスリーネを見て、キーツは慌てて訂正した。

「あ、いや、陛下は陛下でも、うさぎの陛下だそうだ。攫われたのは」

——うさぎの陛下……ってもしかして、うーちゃん!?

たちまち我に返ると、ロイスリーネはキーツに詰め寄った。

「キーツさん、一体どういうことですか？　誰がうーちゃんを攫ったんですか！」

「どうやらセイラン王子とトレイス侯爵らしい。セイラン王子の部屋にこれが残されていたそうだ。魔法で作った複製品だが、そっくりそのまま写し取ってある」

キーツが差し出した紙にはこう書いてあった。

『貴様が可愛がっているうさぎは預かった。ララの身柄と引き換えだ。夜の神の神殿跡で待っている。その際は必ず王妃ロイスリーネ自身が立ち会うことが条件だ』

「なんだい、この頭の悪い文章は」

リグイラの横からララがひょいっと紙を覗き込んだ。

「これは間違いなくセイラン殿下の字だわ！　ちょっと、あの王子、一体何をしてくれちゃってるの⁉　うさぎと私を引き換えですって⁉」

「洗脳されているからだろうね。話を聞いたところ、あの王子が一番ヤバい。もうすでに自分が何をやっているのかすらまともに判断できない状態だろう。うさぎを攫ってララと引き換えにするところまでは王子の意思かもしれないけれど、王妃を夜の神の神殿跡に呼び出すっていうのは……ジェイドの案だろうね」

ジェイドの名前が出たからだろうか、キーツがリグイラに言った。

「あともう一つ報告がある。ターレスに行ったマイクとゲールから連絡があって、トレイス侯爵領の屋敷の地下からトレイス侯爵本人を発見したそうだ。ここ半年余り監禁されていたらしい。世話はされていたようで少し衰弱してはいるが、命に別状はない」

「なんだって⁉　じゃあ、今、王宮にいるトレイス侯爵は――」

「ジェイドが化けていたんだろうな」

ロイスリーネの脳裏に頭を下げて謝罪ばかりしていたトレイス侯爵の姿が浮かんだ。

──あのトレイス侯爵が、ジェイドの化けた姿だった？

「え？　一緒にこの国に来たトレイス侯爵が、ジェイドさんだったたってこと？」

ララも唖然としている。洗脳されていたとはいえ、侯爵とジェイドの両方を知っていた人間の目すらごまかせるほど、巧みに「トレイス侯爵」を演じていたのだろう。

「そのトレイス侯爵とセイラン王子がうさぎを連れて、門番の制止を振り切って馬で王宮を飛び出していったらしい。おそらくは夜の神の神殿跡に向かったのだろう。……どうする？」

キーツの問いかけにリグイラは不敵に笑った。

「答えなんか決まっているだろう？　もちろん、うさぎの陛下を助けに向かうのさ。あっちの好き勝手にされるのは腹が立つからね」

「私も行きます！」

ロイスリーネは声を上げていた。だがキーツは首を横に振る。

「だめだ。罠だと分かっている以上、あんたを連れていくわけにはいかない」

「でも、行かなければならないの。そんな気がするんです」

ルベイラに来ているトレイス侯爵がジェイド──クロイツ派の幹部であるならば、狙いはララではなくロイスリーネだろう。ロイスリーネにその理由はわからないが、なぜかクロイツ派はロイスリーネを狙っている。

セイラン王子が洗脳されてロイスリーネを婚約者だと思い込んだのも、それをきっかけに親善使節団が来ることになったのも、偶然なんかではない。意図的にそう仕向けられたものだったのだ。

——きっとキーツさんの言う通り、罠だと分かっているところへは近づかないで、皆を信じて王宮で待っていた方がいいのは分かっているの。

いつもだったらきっと、足手まといにしかならないロイスリーネはキーツの言葉に頷いて引き下がったに違いない。けれど、なぜかこの時は行くべきだと、いや行かなければならないのだと感じた。

「行かせてください、リグイラさん、キーツさん」

「……それはあんたのいつもの勘かい？」

慎重な口調でリグイラが尋ねる。ロイスリーネは頷いた。

「はい。いつもの勘です」

「ならあたしはあんたの勘を信じよう。その代わり、向こうではあたしの指示に従うこと。一人では決して行動しないこと。いいね？」

ロイスリーネは笑顔になった。リグイラの横ではキーツがやれやれといった顔をしている。反対はしたが、こうなることは分かっていたようだ。

「ありがとうございます、リグイラさん！」

「さて、そうと決まったら……」

リグイラはララの後ろに素早く回ると、うなじのところをトンッと突いた。とたんにララの身体が揺れてその場で昏倒してしまう。床に倒れ込む寸前で支えたのも、リグイラの腕だった。

「ララ？　リグイラさん？」

いきなりのことでびっくりしていると、リグイラは片目をつぶった。

「眠ってもらっただけだ。この子と引き換えだと手紙には書いてあったけれど、それは口実で奴らの目的はあんたさ、リーネ。交渉にも使えないこの子を連れていっても足手まといにしかならない。王宮まで送る時間も惜しいんで、終わるまで眠らせておくさ」

「そうですね。ララは行かない方がいいと思います」

「二階の客間に寝かせておこう。リーネ、ちょっと手伝っておくれ」

「はい。分かりました」

店の二階はリグイラたちの住居になっている。あまり広くはないが、二人で住むには十分な大きさだ。

見た目以上に力持ちのリグイラが、まるで荷物のようにララを担いで二階に上がっていく。ロイスリーネはその後をついていった。

二階へ上がっていくロイスリーネを見送っていた店の常連客――『影』たちは顔を見合わせて囁き合う。

「今日の陛下の護衛当番は誰だ？　なぜ護衛がついていながら陛下は攫われたんだ？」

「確かリードが今日の当番だ。あいつが守りきれなかったなんて、ジェイドってやつはそれほど手練れなのか？」

「もし生きていたら、部隊長に半殺しの目に遭うな、リードは」

部下たちの会話に、キーツは眉を上げた。

「別にリードのせいじゃねぇよ。リードはうさぎの姿で捕まった陛下を助けるために動こうとしたんだ。それを止めたのは陛下本人だったそうだ」

「はぁ？　陛下本人が止めた？」

「ああ。どうやら陛下が大人しく捕まったのは、敵の目的を探るためのようだ。リードは敵に見つからないように後を追ってる。……まったく、陛下も無謀なことをしやがる。自分が国王だっていう自覚が足りねぇ。目的を探るのは俺たち『影』の仕事だっていうのにな」

やれやれといった様子でキーツは首を横に振った。『影』の面々はキーツの言葉を聞いて安心する。

「あまり心配しなくてもよさそうだな。カイン坊やはうさぎになっても魔法は使えるし、あれで相当強いからな」

「ああ、ひょろっとした優男に見えても、部隊長に幼い頃から鍛えられているしな。下手をしたら俺らより強いかもしれない」

「カインならヤバくなったら自分でさっさと逃げ出せるだろう。……うさぎだけど」

安堵しながら軽口を叩く部下たちに、キーツは発破をかけた。

「そういうことだ。リーネの身を最優先で守れというのが陛下の命令だ。お前らもそろそろ支度しな。クロイツ派の幹部の野郎を、今度こそぶっ潰すぞ」

「おう！」

『影』たちはいっせいに返事をすると、その場から消え失せる。けれど、三十秒もしないうちに灰色の布で全身を覆った姿で集まっていた。

そこにロイスリーネたちが二階から下りてくる。ロイスリーネは戦闘服に着替えた『影』たちの姿に目を見張っていたが、リグイラは慣れた様子で声をかけた。

「支度はすんでいるようだね。だったらキーツ、あんたは何人か連れてひとっ走り先に行って露払いをしておくれ。どうせ精鋭部隊が待ち構えているんだろうしね」

「承知した。合図があればいつでも出撃できる」

灰色の布に顔のほとんどを覆われているので、体格と声からしか判断つかないが、彼がキーツだろう。

「そう。なら、リーネ。あんたが出撃命令を出しな」

いきなりの指名に、ロイスリーネはぎょっとする。

「え？　私がですか？」

「そうとも。あたしらに出撃命令を出せるのは陛下だけ。けれど今ここに陛下はいない。カインとして別行動をしていて、ここには来られないらしい。だったら、王妃であるあんたが代理で出撃命令を出さないと」

——陛下の代理として。……そうよね。私はお飾り(かざ)りだけど、王妃だもの。

ロイスリーネは息を吸うと『影』の面々を見渡して、命令を下した。

「陛下の代理として命じます。——第八部隊、出撃せよ！」

「よっしゃ、行くぜ～！」

「ひゃっほう！」

奇声(きせい)を上げて『影』たちが姿を消していく。残ったのはリグイラと、ロイスリーネの警護のために先行隊に加わらなかった二人の灰色ずくめの男たちだけ。

「さて、あたしらも行くよ。リーネ、あんたは裏手に繋(つな)いである馬に乗っていきな」

「はい！」

――ああっ、うーちゃん！　今助けに行くからね！

当の「うーちゃん」はまったく怖がってもおらず、ふてぶてしい態度でセイラン王子を睨んでいるとは、思いもよらないロイスリーネであった。

「うーちゃん」「陛下」「ジーク」と色々呼び方があるうさぎことジークハルトは、夜の神の遺跡にいた。つい数ヶ月前にはロイスリーネが攫われて連れ込まれたあの神殿だ。

もとはかなり大規模な神殿だったらしく、石畳の面積はかなりの広さになるだろう。

だが長い年月の間に、神殿の建物は崩れ落ち、今は打ち捨てられた柱の跡、それにもう原型を留めていない壁の残骸と石の欠片などが、かろうじて在りし日の姿を残しているのみだ。

手入れをする者もいないので、雑草があちこちで生い茂っている。

（まさか、ここにまた来ることになろうとは）

あの事件の後、ジークハルトはここを軍の管理下に置き、しばらくの間は誰も入ってこられないように封鎖し人を配置して警戒していた。だが、それも一ヶ月くらいの間のことで、今は軍も引き上げて、人の気配はまったくない。

「ト、トレイス。わざわざこんなところに来てどうするつもりなんだ」

ぐるぐる巻きにしたままのジークハルトの紐を手にしてぶら下げているのはセイラン王子だ。廃墟になった神殿など見たことがないのだろう。躓きそうになっては顔をしかめ、踏みしめた雑草で靴を汚しては文句を言っている。もっとも、トレイス侯爵——ジェイドは彼の戯言をほとんど無視していたが。

ジェイドの目的を探るために大人しく囚われの身になっていたジークハルトは、苛立たしげにセイラン王子を睨みつける。持ち方が屈辱的な上、愚痴ばかり言っていて、ジェイドの目的が分かるような言葉をいっさい引き出せていないからだ。

洗脳されているから仕方ないとはいえジェイドに「黙れ」と言われて簡単に引き下がってしまうことが、ジークハルトには歯がゆくて仕方なかった。

（もうこいつらに大人しく囚われている意味はないのかもしれない）

そんなふうに思い始めた時、ジェイドが遺跡の中を歩きながら何かを床に落としているのを見て、眉を顰めた。小さな石のように見えるそれが、なぜか気になる。

また一つ床に石が落とされた。ジークハルトの真下に転がった石をじっと見つめていると、それが魔石であることに気づく。ほんのり魔力が込められていたからだ。

それはあまりに微量で、魔石が自然と周囲の魔力を吸ってしまったのかと思える程度のものだった。けれど、うさぎの姿の時のジークハルトは魔力にとても敏感だ。特に夜の神の系譜である闇の魔力には。

（偽装されているが、これは……！）

この石が何であるか悟ったジークハルトは、すぐさま「囚われのうさぎ」でいることをやめた。魔法で後ろ足を強化し、紐を利用して振り子のように回転させると、その勢いのままセイラン王子の顔を蹴りつける。

「ぐはっ……！」

痛みのあまりセイラン王子が手を放すと、すかさず簀巻きにしている紐を魔法で引きちぎって逃げ出した。

「あっ、おいっ、待て！」

セイラン王子は追いかけてきたが、ジークハルトは素早く壁の残骸の陰に逃げ込んだ。うさぎの姿を見失ったセイラン王子は派手に舌打ちをする。その彼の頬にくっきりとうさぎの足型の痣がついていたが、己の姿が見えないセイランは知る由もない。

「ああっ、くそっ、逃げられた！」

悔しがるセイラン王子に、ジェイドはにべもなかった。

「放っておきなさい。うさぎなどいなくても連中はここに来るでしょう。彼らは、王子であるあなたの身を放置するわけにはいきませんからね」

それはうさぎではなくセイラン王子こそが人質だと言っているも同然だった。けれど洗脳されているセイラン王子は気にしない。……いや、気づかないのだ。彼はジェイドの言葉を疑いもしない。

ジークハルトは、遺跡の陰に隠れて彼らをやり過ごすと、ピアスに念じてカインの姿になった。

「リード」

ずっと姿を見せずについてきた『影』の一人であるリードを呼ぶ。すぐさま気配がして、庶民の服を来た男がジークハルトの目の前に出現した。

「はい、陛下。御前に」

「予定変更だ。この辺にクロイツ派の精鋭部隊はいなさそうだが、奴らが潜んでいるとしたらどの辺りだと思う？」

着替えを取り出し、急いで身に着けながら尋ねると、リードからは簡潔な答えが返ってきた。

「地下神殿への入り口あたりに潜んでいると思われます」

「この間、ロイスリーネが連れ込まれたところだな」

この遺跡の地下には巨大な空間があり、いくつかの部屋になっている。そのうちもっとも大きな空間が、つい数ヶ月前にロイスリーネの連れ込まれた祭壇がある地下神殿と呼ばれる場所だった。

「ジェイドとセイラン王子が向かうのもおそらくはあの部屋だろう。……よし、リード。お前はこちらに向かっているであろう部隊長たちと合流して精鋭部隊を殲滅してくれ」

「ですが、陛下の護衛は……」

「俺なら大丈夫だ。今から助っ人も呼ぶし」

しばし逡巡していたが、リードはジークハルトの言葉に従うことにしたようだ。

「分かりました。どうかご無事で」

リードの姿が掻き消える。ジークハルトはそれを確認すると、王宮で待機しているであろう彼を呼び出した。

(今すぐこの座標に跳躍して来てくれ。君の力を借りたいんだ)

(陛下。すぐに参ります)

応じる言葉と共に床に移動の魔法陣が現われる。光と共に陣の真ん中から出現したのは、ライナスだった。

ライナスはジークハルトの姿を見てホッと安堵の笑みを漏らす。

「陛下。ご無事で何よりです」

「ライナス、心配かけてすまなかった。だが無事を喜び合っている暇はなさそうだ。呼び出してそうそうすまないが、これを見てくれ」

拾っておいた石をライナスに見せる。ライナスは興味深そうに石を摘み上げた。

「これは魔石の原石ですね。魔力がいくらかこもっているようですが……」

「表面上はな。魔法で精査してみれば分かるだろうが、おそらく高密度の魔力がこの小さな石に込められている」

「高密度の魔力が……こんな小さな石に？」

何かに気づいたようにライナスはハッとなった。

「陛下。もしやこれは――」

ジークハルトは真剣な顔で頷いた。

「その通りだと思う。君の力を貸してくれ。これらをどうにかしないと、俺たちのみならず全員が危ない。セイラン王子もな」

遺跡にたどり着いたロイスリーネは馬を下りた。
「……誰もいないわね」
「奴らがいるとしたら、おそらく祭壇のある地下神殿だろうね。夜の神の使徒にとって一番重要なのは、地上にある建物ではなく、地下に作られた聖なる場所らしいからね」
「あそこか……」

昼間でも薄暗い地下の空間。あるのは一段高くなっている祭壇の跡のようなものだけ。そこでロイスリーネはあやうく殺されそうになったのだ。

地下への入り口に向かって人の気配のない遺跡を歩いていくと、声をかけられた。

「おう、こっちだ。遅かったな。めぼしい狩りは終わっちまったよ」

待っていたのは、灰色の服で全身を覆ったキーツと『影』たちだ。足元には黒ずくめの人間だと思われるものが何人か倒れ込んでいる。ロイスリーネには黒ずくめのその姿にも覚えがあった。クロイツ派の精鋭部隊だ。

――彼らがいたってことは、やっぱりトレイス侯爵……じゃなかった、ジェイドはクロイツ派の幹部だったのね。

「おや、リードも来ていたのかい？」

リグイラが灰色ずくめの一人に声をかけた。

リードというのは『緑葉亭』の常連客の一人で、普段は近所の金物屋の店員をしている。落ち着いたたたずまいの礼儀正しい人で、マイクやゲールたちと比べてとても真面目な印象のある人だった。

「はい。陛下のご命令で精鋭部隊の討伐に参加しました」

「あんたがそこでそうしているってことは、うさぎの陛下は……」

「セイラン王子の手を逃れて無事でございます」

リグイラが笑い声を上げた。

「ははは。なるほど。そりゃあいいや。人質がいないんじゃ心置きなく暴れられるってもんだ。リーネ。喜びな。うさぎは無事だよ」

「うーちゃんが？　本当？」

ロイスリーネはパッと顔を輝かせた。リード（と思わしき人物）が、大きく頷く。

「はい。今頃は王宮に戻っていると思われます」

「よかった……」

心の底から安堵する。リグイラではないが、これで人質のことを心配しないですむのだ。

「さて、行こうかね。みんな、油断するんじゃないよ」

「リーネちゃん、足元気をつけてな」

そこは何もない空洞だった。石でできた高い天井を、ボロボロの円柱が支えている。リグイラたちが発した魔法の光のおかげでかろうじて数メートル先が見えるものの、それがなかったら、完全な闇の空間だっただろう。

少し進んだところで、遠くの方から炎のようなものが見えた。どうやら前と同じように祭壇を炎の灯ったろうそくでぐるりと囲っているらしい。

――たぶん、それが夜の神を称える儀式のうちの一つだったのでしょうね。

あの時はたまたまこの遺跡を選んだのだと思っていた。ここは地元の人間でもめったに近づかない場所だったから。

けれど、今は違う。クロイツ派がここを選んだのは、彼らが夜の神と関わりがあるからだ。それは前回ロイスリーネの命を狙ったデルタとラムダの口から聞いている。だからきっと、ジェイドも――。

二つの影が祭壇にあるのが見える。一人はセイラン王子だ。けれど、いつもの彼と違ってロイスリーネを見ても何も言わない。ただぼんやりと虚ろな目をして立っているだけだ。

そしてもう一人は――トレイス侯爵のはずだった。けれど、今祭壇に立ってうっすらと笑っているのはトレイス侯爵ではない。

痩せた背の高い男。歳は三十代の半ばほどだろうか。長い灰色の髪をゆったりと後ろで結び、黒い目でひたっとこちらを見つめている。

「……あなたがジェイドね」

今までは魔法でトレイス侯爵に化けて演技をしていた。だが、もう装うことはやめたようだ。

「ええ。けれどそれもまた偽名の一つに過ぎません。私の名前は『シグマ』です。改めてようこそ、ロイスリーネ王妃。それにルベイラ王の犬ども。五年前はあなた方にしてやられました。おかげで私もデルタもラムダも、逃走生活を余儀なくされた」

「ふん。やっぱり五年前、コールス国で逃した幹部のうちの一人か」

面白くもなさそうにリグイラが吐き捨てる。

「ターレス国に逃げ込んでいたとはね」

「……ジェイド……いえ、シグマ。セイラン王子に何をしたの？」

今のセイラン王子は明らかに変だ。何も言わないだけではなく、これだけ反響する場所でしゃべっていても、こちらに視線一つよこさない。

「ああ、暗闇が怖いとうるさいので、少し黙ってもらいました。……まったく、この操り人形は失敗ですね。セイラン王子の我が抜けないままです」

人を洗脳しておきながら、まるで物のように失敗作だと論じるシグマに、ロイスリーネは本能的に嫌悪感を抱いた。デルタとラムダも何を考えているのか分からなかったが、このシグマはその上を行く不気味さを漂わせている。

――精鋭部隊が倒されて味方はもういないと分かっているはずなのに、この余裕。……何かあるのかしら？

油断なくシグマを窺いながらロイスリーネは一番聞きたいことを尋ねた。

「シグマ、あなたの目的は何なの？」

デルタとラムダはロイスリーネの命を狙った。けれど、シグマはルベイラに来てもほとんど何もしなかった。セイラン王子とララをけしかけて、ロイスリーネのところへ突撃させても、自分はあくまで「トレイス侯爵」としての役柄(やくがら)から踏み出すことはしなかった。

――それはどうして？

当初はジークハルトとロイスリーネもトレイス侯爵を疑ってもいなかったのだから、やろうと思えばロイスリーネの命を狙うこともできたはずだ。ところがシグマは大掛(おおが)かりな洗脳までして、王子たちをルベイラに来るように仕向けながら、自分は動こうとしなかった。

それが不思議でたまらない。目的がまったく見えないのだ。

シグマが微笑(ほほえ)む。

「目的などありませんよ。ただこの器(うつわ)の限界が近くなっておりましてね。計画も必要なくなったことだし、最後に準備しておいた仕掛(しか)けを使い、ロイスリーネ王妃、あなたのギフトをこの目で見て確認したいと思ったのです。それだけです」

「……は？　ギフト？　『還元』のこと？」

そういえば、と思い出す。デルタもラムダも妙(みょう)にロイスリーネの『祝福(ギフト)』にこだわっていた。

「それも確かめたいことの一つでしたが、私の目的はもう一つのギフトの方です」

「もう一つの……ギフト？」

まるで理解できずにロイスリーネは何度も目を瞬かせる。

ギフトは一人に一つしか授からない。例外はない。それが常識だ。

ロイスリーネとシグマの会話を遮るようにリグイラが二人の間に立った。

「何を言っているのか分からないけれど、あんたはもう終わりだ。精鋭部隊もいない。いるのはお荷物の操り人形だけだ」

「確かに私の手元にあるのはお荷物だけですね」

シグマはくっくっと笑い出す。笑いながら彼は懐に手を伸ばすと、上着のポケットから小さな黒くて丸い石を取り出した。

「でも私にはこれがあります。なんだか分かりますか？　魔石の原石です。魔石というのは魔力を溜め込むことができる石で、使い道はさまざまですが、あらゆる魔道具に使われているなくてはならないものです」

「それがどうした？」

問いかけながらリグイラは油断なく周囲を窺う。優位な姿勢を崩さないシグマの様子に不審を覚えたようだ。

「魔石を使えば面白いことが色々とできます。ターレス国の筆頭魔法使いケイン・ドノバンに命じて、この石に高密度の魔力を詰め込んでもらいました。魔石は大きさと質によって溜め込むことのできる魔力の量が異なる。こんな小さな石に高密度の魔力を限界以上に封じて、その封印を解けばどうなるでしょうか？」

リグイラとキーツはハッとなった。

「まさか——暴発させる気かい？　ここで？」

にやりとシグマが笑う。

「その通り。押し込められた魔力は一気に解放され、周囲を吹き飛ばす。もちろん、石はこの一つではなく、遺跡中に撒いておきました。一つが爆発すれば、魔力を検知して次々と封印が解かれ、連鎖的に爆発を起こすでしょう。こんな地下空洞などあっという間に崩れ去る」

ようやく事態を理解したロイスリーネは真っ青になった。そんなことになったら地下にいるロイスリーネたちは全員崩れてきた岩に押し潰されてしまうだろう。

「そ、そんなことをしたら、あなただって無事ではすまないわよ!?」

「別に構いませんよ。もとよりこの器は長くはもたない。最後の花道に、あなた方を道連れにするのもよしといったところでしょうか。もちろん、奇跡を起こしてくれてもいいのですよ？　むしろ奇跡を起こしてもらわないと、わざわざルベイラまで足を運んだ意味がないのです。神々の愛し子よ」

「神々の愛し子？」

ロイスリーネは訝しげにシグマを見つめる。彼は嫣然と笑った。

「賭けをしましょうか、神々の愛し子。あなたが奇跡を起こして全員を助けるか、もしくはルベイラの犬どもと一緒にこの地下で儚く散るか。さぁ、始めましょう！」

シグマの手に握られていた真っ黒な石がチカチカと光を発し始めた。高密度の魔力を閉じ込めた封印が解かれようとしているのだろう。

「キーッ！　急いでここから撤退するよ！」

リグイラは叫ぶと、ロイスリーネを肩に担いでここから離れようとする。その瞬間、ロイスリーネの脳裏に浮かんだのは、瓦礫に埋もれていく己とリグイラたちの姿だった。

瞬時にロイスリーネは悟る。これはいつもの「勘」だと。このまま石が暴発すれば起こる未来の姿だと。

——ああ、だめ。そんな未来はだめ！　絶対にだめ！

だって、ロイスリーネはまだジークハルトに何も言っていない。ロイスリーネでいいのだと、ロイスリーネだからこの先も一緒に人生を歩んでほしいと言ってくれたジークハルトに、ほんの少しの気持ちも返せていないのだ。

……この先もずっと一緒にいられるとばかり思っていたから。まだ先があると思っていたから。

——だから、だめ！　こんな未来、絶対に許さない！

ロイスリーネは力の限り叫んだ。奇跡を願って。

「だめ――――――！」

するとどうだろう。シグマの手の中にあった石の中で瞬(またた)いていた光が不意にやんだ。

次に石は力を失ったように端(はし)からサラサラと砂になり、床に零れ落ちていく。それはあっという間の出来事だった。

「――――え？」

高密度の魔力が消え失せたことに気づいたリグイラが、足を止めて振り返った。シグマは己の手の中で文字通り砂と化した石に呆然としていたが、やがてポツリと呟(つぶや)いた。

「賭けは私の負けですね。どうやら奇跡が起きたようだ。……けれど、まだ私は楽しみたい。石はまだあります。遺跡に撒いた石の一つでも暴発すれば、連鎖的に――――」

「爆発はしない」

声がした。ロイスリーネのよく知る声だった。

と同時にすぐ目の前の床に魔法陣が現われ、まばゆい光を発する。リグイラに担がれたままのロイスリーネは思わず目を閉じた。

次に彼女が目を開けた時、魔法陣があった床に立っていたのは魔法使いの長ライナスと、そして黒髪(くろかみ)に青い目をした軍服姿の男性。

ロイスリーネは彼を知っていた。誰よりもよく知っていた。

「カイン、さん」

震える声で呼びかけると、カインが振り向く。カインはロイスリーネを安心させるかのように微笑んだ。リグイラが空気を読んでロイスリーネを床に下ろす。

ロイスリーネは一目散に彼に向かって走り出し、その胸の中に飛び込んだ。ふとどこかで嗅いだことのあるお日様の匂いが鼻腔をくすぐる。

「カインさん！　カインさん！」

「リーネ。もう大丈夫だ、無事でよかった」

カインもぎゅっとロイスリーネを抱きしめる。それはとても安心できる感触で、ロイスリーネはカインの腕の中でホッと安堵の息を吐いた。

もう大丈夫だ。そう心の底から思えた。

「あともう少しの我慢だ」

そうロイスリーネの耳元で囁くと、カインは彼女の腰を抱いたままシグマに向き直った。

「お前が遺跡に撒いた石ならすべて回収して、ライナスが二重に封印を施した。どんなに衝撃を受けても爆発することはない」

よく見れば隣にいるライナスの手にはガラス瓶が握られていて、そこに闇色をした丸い小さな石が何個も入っていた。あれらがすべて爆発していたらと思うと、ゾッとする。

「なぜ……分からないように魔力を封印していたのに、どうして……」

さすがに自分の手の内をすべて無に帰されたシグマも動揺して、声がしわがれていた。

そんな彼にライナスが冷ややかに告げる。

「さすがの私でも初見では分かりませんでしたよ。けれど幸いなことに魔力に敏い者が近くにおりましたので、見つけるのは簡単でした。あとは封印するだけ。……よくもまぁ、これだけの魔力を集めたものだ。おそらく少なくない人数の魔法使いが潰されているはず。同じ魔法使いとして貴様のしでかしたことを許すわけにはいかない」

その声には抑えきれない怒りが込められていた。

「さぁ、もう後がないぞ。シグマ」

リグイラたち『影』も、ロイスリーネとカイン、それにライナスを守るように位置を変えている。彼らはシグマを逃がす気はないのだ。たとえ魔法を使おうとしてもライナスがそれをすぐさま阻止するだろう。

「このまま大人しく投降しろ。さもないと――」

不意にカインの声が途切れた。さっきまで呆けたままだったセイラン王子が急に動き出してきょろきょろと周囲を見回したからだ。

セイラン王子はロイスリーネの腰を抱いたままのカインに目を止めると、まなじりを吊り上げて詰め寄ってきた。

「なんて破廉恥な！　夫以外の男と親しそうに抱き合うなんて！　やっぱりお前はどうしようもないほどの浮気性なのだな！　ルベイラ王がこれを知ったら何て言うだろうか！」

それはあまりにこの場にそぐわない発言だった。

――この緊迫した場で私の浮気を咎めるとか、空気が読めないにも程がある。

げんなりしていると、カインが不機嫌そうに唸った。

「誰が浮気性だって？」

カインが左耳についている赤いピアスに指を伸ばす。指先が石に触れたとたん、その姿が変わった。

黒髪から銀色の髪へ。青色の瞳から青灰色の瞳へと変化していく。

瞬きをする間に変身を終え、カインの代わりにそこにいたのは、この国の人間なら誰でも知っている人物だった。

「妻の腰を抱いて何が悪い。浮気だと？　貴殿と一緒にするな」

「ジ、ジークハルト王!?」

あまりにびっくりしたのか、セイラン王子はその場で尻もちをつく。そんな彼をジロリと睨みつけながら、ジークハルトは腰の剣に手をかけた――その時だった。

「ハハハ、ハハハハハハ！」

哄笑とも取れる笑い声がシグマの口から飛び出す。

「なるほど。ジークハルト王自らお出ましか。亜人の血を引きながら我らの神を裏切ったルベイラの子孫よ」

今まで飄々としていたシグマの目に、明らかな憎しみが宿る。ジークハルトと『影』たちはとっさに身構えた。すぐ攻撃できるようにライナスも魔力を練り上げる。

……だが、意外なことにシグマは目に宿っていた憎しみを綺麗さっぱり消し去ると、嫣然と微笑んだ。

「口惜しいが、今回はここまでにしておきましょうか。『魔女の系譜』の血筋に『還元』のギフトが宿っているのも、愛し子の力も確認できましたから。これで良しとしましょう。ですが、次に会う時はこうはいきません。全力で潰させてもらいます」

「何を――」

言っているのだとロイスリーネが続けようとしたその時、シグマの口から血のようなものが零れていることに気づいて息を呑む。リグイラもすぐに気づいて、舌打ちをした。

「また毒で自殺かい。お前たちは揃いも揃って……」

シグマはニィッと笑う。

「死ぬのは器だけだ。我が神がいる限り我々は何度でも蘇る。……近いうちにまた会おうぞ。神々の愛し子、そしてルベイラの子孫よ」

ぐらりとシグマの身体が傾き、その場で床に倒れ込む。すぐさまキーツが確認に行ったが、すでに事切れていたようで、彼は首を横に振った。

　リグイラが悔しそうに吐き捨てる。

「くそっ、これでデルタとラムダに続いてシグマにも自殺されちまったってことだね。あたしらも焼きが回ったもんだ。対象に自殺させる隙を与えてしまうとは。……だけど、気になることを言っていたね、あいつは」

「ああ。死ぬのは器だけだって。何度でも蘇るって言ってやがったな。……もしかしたら、奴らは単に夜の神の眷属の名前を名乗っているだけではないのかもしれねえ」

　キーツの言葉に、誰もが言葉を失う。

　伝説によれば、夜の神の眷属は、神の命令で人間を殺戮して回った恐るべき悪鬼だという。大地の女神ファミリア率いる新しき神々は、夜の神と彼の眷属の半数を封印することに成功したが、取り逃がした眷属たちはその後も人々を脅かし続けた。

　だが、夜の神を封じられた眷属たちは次第に力を失い、やがて各地で人の手によって封印されたという。

「デルタも、ラムダも、そしてシグマも、人々によって各地で封印された眷属のうちの一人だ。偶然にしてはできすぎているじゃねえか」

　もしかしたら、本当に彼らは夜の神の眷属なのかもしれない。封印が半ば解けたかして、人の身体を乗っ取って、都合が悪くなるたびに器を替えて自殺を繰り返して――。

想像したらゾッとなった。だとしたら、自殺したデルタもラムダもシグマも。異なる人間として再びロイスリーネたちの前に立ちふさがるかもしれないのだ。

「……考えても仕方ない。先のことは分からないからな。今、自分たちができることを精一杯やっていくしかない」

ジークハルトの言葉にライナスが頷く。

「そうですね。陛下の言う通りだ。ひとまず今は遺体を回収して、ここを出て……って、コレ、どうしましょうか？」

途方に暮れたようにライナスが指さしたのは、セイラン王子だ。彼はシグマが死んだ直後にまた虚ろな表情になり、何も言わなくなってしまっていた。リグイラが痛ましそうにセイラン王子を見る。

「洗脳の度合いが深すぎるね。ここまでになると操り手がいなくなったとたん、自力で生きることができなくなっちまうんだよ。だからトカラは危険だと禁止された。中和剤を急いで作っても間に合うかどうか。操り手の命令なしでは食べ物すら受け付けない場合があるから……」

リグイラの声を聞きながらロイスリーネは自分の手を見下ろした。

——ララは私とぶつかって正気に戻ったと言っていたわ。彼女だってかなり洗脳されていたでしょうに。……よし、一か八かだわ。

「私にまかせて」

「ロイスリーネ？」

ジークハルトの腕を外して、ロイスリーネは腰を抜かしたままぼんやりとしているセイラン王子の前に行って目線を合わせた。

――『還元』。私のギフト。全然ちっとも自分で使っている気はしないけれど、確かに存在するというのであれば……。

ロイスリーネは手を振り上げて、セイラン王子の頬を思いっきり叩いた。パーンと乾いた音が地下神殿の空間に鳴り響く。

全員が唖然としてロイスリーネを見つめた。ロイスリーネは叩いた時の衝撃で傷んだ手のひらをひらひらと振る。

――だって、触るって言っても、私、人妻だし。なんとなく普通には触りたくないし。これが一番じゃない？

うっぷんが溜まっていたことは否定しないが、これも人助けだとロイスリーネは心の中で言い訳をする。

叩かれたセイラン王子は、ぼんやりから急に正気づいたようで、目をパチパチさせてロイスリーネを見つめた。

「君は……。それにここはどこだ？　僕は一体どうしてこんなところにいる？」

セイラン王子の口調ははっきりとしており、駄々っ子のような調子ではなくなっていた。きっとこれが彼本来のしゃべり方なのだろう。

「奇跡だ……」

ライナスが呆然と呟く。その場にいた誰もが同じ気持ちだった。

ロイスリーネはにっこりと笑って挨拶をした。

「初めまして、セイラン殿下。私はロイスリーネ。ジークハルト王の妻でルベイラの王妃です」

――うん。終わりよければすべてよし。

「あ、は。はい」

セイラン王子は、ポッと頬を染めた。ジークハルトが恋敵の出現を嗅ぎ取って不機嫌そうに顔を歪める。王の姿の時にはそんな表情を浮かべることはめったにないのだが、己の小さな変化も、今のジークハルトは気づかなかった。

「ええっと、これは言わない方がいいのかもしれないですね。セイラン王子の初恋の相手が王妃様だってことは」

ライナスがひとりごちる。

「トール・ドノバンによれば、縁談を申し入れる際に手に入れた王妃様の……いいえ、ロイスリーネ姫の肖像画を見たセイラン王子が一目ぼれをしたとか。正式に断られ、しかもルベイラに嫁ぐと決まっていたと知り、セイラン王子が落ち込んで眠れなくなったとか。そのために、ジェイドに薬を処方してもらうようになって、洗脳されてしまったとか。……ええ。絶対に王妃様には言えませんね」

「そりゃ、やめといた方がいいね。陛下の心の平和のためにも、さ」

リグイラがライナスの独り言を聞き取って答えた。

「さて、セイラン王子も正気に戻ったようだし、ここから出て『緑葉亭』に戻りましょうか！」

ジークハルトに手を借りて立ち上がりながらロイスリーネは明るく言った。

すべて振り出しに戻り、これからもクロイツ派に狙われることは確実になった。けれど、ロイスリーネに恐れはない。

——だって、私には陛下やうーちゃんや、『緑葉亭』の皆や、ライナス、それにエマも、リリーナ様もいるもの。

彼らと一緒ならばきっと大丈夫だという確信があった。いつもの「勘」だ。

「私たちは、大丈夫。皆がいてくれるから」

ロイスリーネの言葉は、この場にいる全員に、しっかり届いていた。

エピローグ　うーちゃんへの報告。そして……

いつものようにロイスリーネの寝室にうさぎが訪れる。

「あの時は大変だったわよね、うーちゃん。攫われて怖かったでしょう。でももう大丈夫だからね」

胸に抱えて背中をゆっくりと撫でると、うさぎは気持ちよさそうに目を閉じた。

あれから何度もロイスリーネはうさぎに大丈夫だからと言い聞かせている。そのたびに、うさぎは気にするなと言わんばかりに頬をぺろぺろと舐めてくれるのだった。それが嬉しくてつい繰り返してしまう。

今日もまたうさぎはロイスリーネの頬をペロっと舐めた。

──やーん、なんて優しくて賢くていい子なの！

聞けばうさぎは自力でセイラン王子から逃げ出したという。それを聞いてロイスリーネが鼻高々だったのは言うまでもない。

「可愛い上に賢くて強いだなんて、うーちゃんは世界一のうさぎね」

ロイスリーネは機嫌よく言って、うさぎの額にチュッとキスを落とした。

「うーちゃん、色々あったけれど、ようやく事件が解決して、騒ぎも収まったわ。あの後は大変だったけれど」

何が大変だったかというと、ターレス国がだ。自国の王子がトカラで洗脳されていただけでなく、筆頭魔法使いのケイン・ドノバンをはじめ、他の有力な貴族にまで洗脳が及んでいたからだ。

――まだルベイラにいる親善使節団の人たちだって、ある日突然代表が消えて、しかも本当は別の人物だったことが分かってだいぶ混乱していたようだけど。

それでもターレス国の比ではない。

監禁されていた被害者でもあったけれど、ジェイドを雇い、王侯貴族たちに近づけるきっかけを与えてしまったトレイス侯爵の処分は免れないという話だ。

ただ、王家側も放任中の第三王子ということで、碌に調べもせずに薬の処方を第三者にまかせてしまったという負い目もある。それにトレイス侯爵自身は優れた教育者で、地方の発展に寄与していた実績もあるので、それほどひどい処罰は受けずにすむだろう。

洗脳された人たちのリハビリを積極的に行うことを条件に、侯爵から伯爵への降格だけですませることになりそうだと、ロイスリーネはリリーナ経由で聞いていた。

「それにしても驚いたわよね。本物のトレイス侯爵が、薬がまったく効かない特異体質で、洗脳薬すら受け付けなかったというのは」

一番初めに洗脳されていてもおかしくないトレイス侯爵が、どうして監禁されていたかというと、そこに驚くべき、そしてある意味単純な理由があったのだ。

ジェイド（シグマ）は侯爵家を乗っ取ろうと洗脳薬を使用したが、トレイス侯爵はどうやってもトカラが効かなかったらしい。それどころか、トレイス侯爵は魔法もあまり効かない体質らしく、ジェイドは持て余していたようだ。

「ライナスが、落ち着いたらトレイス侯爵の体質を研究したいって言っていたわね」

そしてそのトレイス侯爵の証言で、ある事実も分かった。ジェイド……いや、シグマは心臓の病気を患っていて、そう長くは生きられないと医者に言われていたそうなのだ。

――器の限界が近くなっているってシグマが言っていたのはそういうことだったのね。

あの時すでに彼の命は風前のともしびだったのだ。だからこそ強引な手を使ってルベイラにやってきたのだろう。

「でもセイラン王子とララ、それにその周りにとってはいい迷惑よね」

洗脳時はあれほどラブラブだったセイラン王子とララだが、本来は互いになんとも思っておらず、今となっては微妙な間柄になっているようだ。

『外見は王子様だけど、中身は私のタイプじゃないんですよね』とはララの言葉だ。

そのララとセイランも国に帰れば処分が待っている。ララは王子や貴族子息を惑わした罪で投獄は確実だ。

セイラン王子にも本国とルベイラ両国に迷惑をかけた罪がある。洗脳されていたとはいえ、責任は取らなければならない。それが王族というものだ。

幽閉は免れそうだが王位継承権は剝奪されて、どこかの地方に飛ばされる可能性が濃厚だと聞いている。

——二人はそれでも自分のやったことだから、と素直に受け入れるつもりみたい。あー、本当に二人とも素顔はとても普通で、常識もあって、シグマが関わりさえしなければ、幸せに暮らせただろうに。

それがなんともやるせなくなる。

クロイツ派の目的が分からずじまいなのも気がかりだ。

様々な状況から見て、クロイツ派が五年前の時と同じようにセイラン王子を使ってターレス国を乗っ取る計画を立てていたのではないかとジークハルトたちは分析している。乗っ取り計画は静かに、けれど確実に進行していて、今回の事件が起こらなければ、もしかしたら成功していたかもしれないのだ。

けれどシグマは突然その計画を放棄し、セイラン王子を操ってルベイラに行くように仕向けた。それはなぜだろうか？　心臓病を患い、もうすぐ死ぬと分かったから？

——だったら部下なり、誰かに計画を引き継げばよかったのに、シグマはそうせずにすべてを捨ててルベイラにやってきた。

本人はロイスリーネのギフトをその目で見たかったからだと言っていたが、それがすべてではないだろう。

『もしくは……乗っ取り計画が必要ではなくなったのかもしれません。その理由まではわかりませんが……。でなければ計画を放棄してまでルベイラに来るのは不自然です』

カーティスが呟いた言葉を思い出してロイスリーネは唇を噛みしめる。

——何だろう。とてつもなく嫌な予感がする。

知らないところで何かとんでもないことが進行しているような気がして胸がざわついて仕方ない。

ロイスリーネはそっと自分の右手に視線を落とした。『還元』の力。ロイスリーネが持っているという祝福。魔法や物理攻撃だけでなく、薬の影響も『還元』してしまう、不可解な力。

トール・ドノバンがルベイラに来てから洗脳が解け始めたのも、ロイスリーネの『還元』の影響ではないかとライナスは考えているようだ。ロイスリーネとトールが直接顔を合わせる機会はなかったはずだが、そうでなければ説明がつかないのだとライナスは言う。

けれど、ロイスリーネに自覚はなく、また『還元』のギフトも常時発動しているものではないようだ。もしなんでもかんでも『還元』していたら、とっくの昔に誰かが不審に思ってロイスリーネがギフト持ちであることが発覚していただろう。

『私が離宮に張り巡らせた守護の魔法陣も「還元」された形跡はありませんでした。あれは王妃様を守るための魔法だったから「還元」されなかったのです。王妃様のギフトは限定的で、しかも王妃様に害意のあるものに対してだけ無意識に、それでいて非常に強力に作用するものなのでしょう』

ライナスの言葉が甦る。

——私、あまりにも自分のギフトのことを知らなさすぎる。これじゃダメだわ。もっと勉強しないと。いざという時に使えないのでは意味がないもの。

気がかりなことはもう一つあった。シグマが言っていた「もう一つのギフト」とは一体どういう意味だったのだろうか。ジークハルトに聞いてみるべきか……いや、その前にもっとすべきことがある。

ロウワンの王妃——『解呪』のギフトを持っている母親に連絡を取ることをロイスリーネは決心した。きっと母親なら何か知っているだろう。

——お母様が私にギフトがあることを隠した理由も聞かないといけないしね。

不意にうさぎが顎に額を擦りつけてきた。柔らかなモフモフ具合に我に返ったロイスリーネは、お返しとばかりに耳の辺りを優しく掻いてあげる。

「そういえばうーちゃん、報告することがもう一つあったわ。今日ね、リリーナ様からびっくりすることを教えてもらったのよ」

リリーナの名前を出したとたん、うさぎがビクッとなったが、ロイスリーネは気づかず楽しそうに話し出す。

「リリーナ様の秘密をね、教えてもらったの。もうびっくりだわ！　リリーナ様が『ミス・アメリアの事件簿』シリーズの作者だったなんて！」

今日、リリーナがやってきて自分の秘密を教えるから、ぜひ協力してほしいと言い出した時には、さすがのロイスリーネも驚いたものだ。そして彼女の口から出たのが、『ミス・アメリアの事件簿』シリーズは自分が書いている作品だという言葉だった。

『昔から物語を作るのが好きで、こっそり小説を書いていたのです。それをお父様が偶然読んですっかり気に入ってしまい、あれよあれよという間に出版されることになって……』

どうりで以前リリーナの前で『ミス・アメリアの事件簿』シリーズを褒めたら彼女が嬉しそうにしていたわけだ。

「それでね、リリーナ様は今度私を参考にして、高貴な身分の貴婦人がお忍びでこっそり平民に交じって仕事をするという話を書いてもいいかって言うの。バレないようにウェイトレス以外の仕事にしてくれるんですって。ふふ、リリーナ様の書く作品はとても面白いから、どんな話になるのかすごく楽しみね」

説明する間、うさぎがなんとも言いがたい表情をしていたのだが、ロイスリーネはリリーナとの会話を思い出すことに一生懸命である。

だがロイスリーネはまだ知らない。リリーナの代表作『ミス・アメリアの事件簿』シリーズの主役カップルであるアメリアと若き豪商ケルンの恋模様の進展が、ジークハルトとロイスリーネにかかっていることを。

リリーナは二人を自作小説のカップルのモデルにしているのだ。性格も立場もまるで変えてしまっているくせに、妙なところで現実に忠実であろうとする。

『ケルンとアメリアは昔、一度だけ出会っているの。陛下とロイスリーネ王妃のようにね。憎からず思っているのに、なかなか気持ちを言い出せないケルンは、恋愛だけ見ると本当、陛下とそっくりよ。ヘタレ具合もね』

などと言いたい放題言われている。最近では特にひどい。

『そろそろ二人の仲を進展させたいのです、陛下。いつになったら陛下はヘタレを卒業して王妃様とラブラブになってくださいますの？　このままではアメリアとケルンはモダモダしたままではありませんか！』

自国の王になんという言い草だと思うが、幼い頃から口達者なリリーナにはなぜか頭が上がらないジークハルトだ。

あまりせっついてくれるな、というのが偽りのない本音だったりする。

「おっと、そろそろ寝ないとエマに怒られるわね。明日は、帰国する親善使節団をお見送りしなければならないのだし、寝坊はできないわ」

そう。色々あったが、ようやく明日には静かになるのだ。正気に戻って以来なぜかやたらと話しかけてくるセイラン王子と、それを牽制するジークハルトの間に挟まれて、神経を微妙にすり減らす生活ももうすぐ終わる。

ロイスリーネはうさぎを抱えてベッドにもぐり込んだ。うさぎは定位置である枕元へトコトコと移動して、丸くなる。その無防備な背中をもう一度だけ撫でると、ロイスリーネはベッドに横たわって目を閉じた。

——明日は親善使節団を見送ったら、『緑葉亭』に行こう。カインさんも顔を出すかしら？　そうだといいな。

そんなことを思っていると、なぜか地下神殿で、カイン姿のジークハルトに自分から抱きついたこと、そしてぎゅっと抱きしめてもらったことを思い出してしまう。

すると身もだえしたくなるほど恥ずかしくなると同時に、なぜか甘酸っぱい気持ちになるのだった。

あの時、ふとジークハルトからも「うーちゃん」と同じお日様の匂いがしていたことを思い出し、ロイスリーネは首を傾げた。

——どちらの香りが移ったのかしら？　……いえ、今はそんなことより、もっと大事なことがあるわ。

これから先、何があるか分からない。だからこそ自分の素直な気持ちは伝えていかなければ、と思う。後悔しないために。

――明日。明日になったら。

ロイスリーネは目を閉じて、やるべきことを頭の中に思い浮かべる。

――明日になって、陛下と会ったら、笑顔になることから始めようかしら。よそいきの「王妃ロイスリーネの笑み」ではなくて、本当の笑顔に。

きっとジークハルトはびっくりするだろう。でもあの貼りついたような無表情がすぐ変わることはないだろうし、笑顔を返してくれることもないに違いない。けれど少しずつ、少しずつ。

――そうして国王ジークハルトと王妃ロイスリーネとして、いつか二人で本当に笑顔で笑い合えたらいいって、陛下に伝えるの。きっとそれが第一歩になるから。

――だから、今はおやすみなさい。

静かな寝息を立てて、ロイスリーネは眠りの淵に沈んでいく。小さなモフモフが肩に寄り添ったのをなんとなく感じて微笑みながら。

地平線に太陽が顔を出すその刹那、人間の姿に戻ったジークハルトは、寝息を立てるロイスリーネをじっと見おろしていた。

『還元』のギフトに、ロイスリーネのもう一つのギフト『神々の寵愛』。そしてクロイツ派。問題は目白押しだ。けれど……。

屈み込んで、その唇にそっと触れるだけのキスを落としながら、ジークハルトは囁く。

「たとえ何があろうとも、君を必ず守るよ、ロイスリーネ」

あとがき

拙作を手にとっていただいてありがとうございます。

お飾り王妃の二巻です。続刊が出せたのも手に取っていただいた皆様のおかげです。ありがとうございました。

さて、今回は流行（？）の婚約破棄や悪役令嬢の要素を盛り込んだ話となっております。友好国の王子になぜか突然婚約者扱いされ、しかも顔を合わせるやいなや婚約破棄を言い渡されるところからスタートします。ロイスリーネはお飾りとはいえ王妃。つまり人妻なので「婚約破棄とかバカなの？」といった感想しか持てません。周囲も同様です。ですが追い出すわけにはいかない理由があって、しばらく王子とその恋人に振り回されることになります。

立場的にあまり動けないジークハルトに代わって今回大活躍するのがうさぎこと「うーちゃん」です。前巻ではロイスリーネ視点の愛らしいうさぎの描写が主でしたが、今回はヒーローよろしくロイスリーネを魔の手から守ったり、人質になったりと大暴れします。

おかげでジークハルトの陰が薄いです。いえ、本当は彼も出ずっぱりなんですけどね。作中で一番忙しいのは間違いなくジークハルトです。一体いつ寝ているんでしょうね？

話は変わり、今回から登場する新キャラもいます。魔法使いのライナスと公爵令嬢のリリーナです。前作から存在はほのめかされていましたが、今回初めてしっかり名前ありで登場しました。どちらもロイスリーネとジークハルトにとっては頼もしい仲間になってくれるでしょう。

次にお目にかかることがあれば、ほのぼのは維持しつつ、ロイスリーネのギフトについて段々と判明してくることになり、敵も本格的に動き出してくる予定です。

イラストのまち先生。相変わらず可愛いうさぎ&ロイスリーネたちをありがとうございました！　うさぎの活躍を増やした甲斐がありました。

最後に担当様。いつもありがとうございます。色々とご迷惑おかけしてすみません。何とか書き上げることができたのも担当様のおかげです。ありがとうございました！

それではいつかまたお目にかかれることを願って。

富樫聖夜

■ご意見、ご感想をお寄せください。
《ファンレターの宛先》
〒102-8177 東京都千代田区富士見2-13-3
株式会社KADOKAWA ビーズログ文庫編集部
富樫聖夜 先生・まち 先生
●お問い合わせ
https://www.kadokawa.co.jp/（「お問い合わせ」へお進みください）
※内容によっては、お答えできない場合があります。
※サポートは日本国内のみとさせていただきます。
※Japanese text only

お飾り王妃になったので、こっそり働きに出ることにしました
～旦那がいるのに、婚約破棄されました!? ～

富樫聖夜

2020年11月15日 初版発行
2021年 8 月20日 3 版発行

発行者	青柳昌行
発行	株式会社 KADOKAWA 〒102-8177 東京都千代田区富士見 2-13-3 （ナビダイヤル）0570-002-301
デザイン	Catany design
印刷所	凸版印刷株式会社
製本所	凸版印刷株式会社

ISBN978-4-04-736408-0 C0193

定価はカバーに表示してあります。
◇◇◇